KB106716

국어선생님을 위한
한국문학사 강의

고칠현삼제(古七現三制)란 문학 작품을 섭렵함에 있어
고전 읽기에 70%, 현대 문학 읽기를 30%로 해야 한다는 것이다

【 제2권 시가문학 】

한국문학사 편찬위원회 엮음

머 리 말

   문학이란 한 시대를 살아가고 있거나 살아간 사람들의 정신적
지도이다. 그러므로 우리들도 그들이 살아간 삶의 지도를 알아보
고 훌륭한 역사와 교훈을 배워야 함은 새삼 두말할 필요가 없다.
   흔히 우리가 문학을 운운함에 있어 고칠현삼제(古七現三制)를
이야기하게 된다. 다시 말하자면 문학 작품을 섭렵함에 있어 고
전읽기에 70%, 현대 문학 읽기를 30%로 해야 한다는 것이다.
   이 말은 예부터 지금까지 금과옥조로 지켜오고 또 앞으로 지켜
져야 할 일이다. 그런데 어찌된 일인지 요즘 학교 현장에서 현대
문학만을 강조되고 있는 경향이 있다. 이는 반드시 시정되어야
할 것이다. 특히 대학입시를 눈앞에 둔 수험생들이 본고사·수학
능력·논술 대비를 함에도 고전문학쪽에 등한한 듯한 인상을 지울
수가 없다. 이러한 현실을 극복하고자 하는 차원에서 필자는 주
로 학생들이 쉽고 가까이 접근할 수 있는 우리의 고전 문학들을
시대별로 엮었다. 또한 시대별 중요작품과 입시 출제에 가장 많
은 빈도를 차지했던 작품들을 뽑아서 엮었다.
   여기서 실린 작품들은 다시 말해서 선조들의 지혜와 슬기이며
또 우리의 삶이며 역사이다. 우리가 버릴 수 없는 정신적 지도이
며 역사이다. 학생들은 이 문학작품들을 통하여 우리의 현실과
역사에 대한 자각으로 되돌아와야 한다고 생각한다.
   엮은이는 지금까지 본고사·수학능력·논술대비용으로 만들어졌
던 기존의 책이 가졌던 단점을 과감하게 탈피하여 새롭고 이해하

기 쉽게 만들었다. 특히 8종 교과서 외에도 시험으로 나올만한 작품들을 망라하였음을 밝혀둔다. 작품 개요와 지은이 해설로써 작품 배경과 사상을 이해하도록 했다. 아무쪼록 수험생들은 이 책을 통하여 교양과 시험에도 좋은 결실이 있기를 바란다.

1. 백과 사전식 나열을 피하고 학생들의 시험이나 정신적 교양이 되는 고전을 가려 뽑았다.
2. 권위있는 교수들의 협의와 검토를 통해 자료와 수험서의 기능을 갖도록 했다.
3. 작품의 요약, 지은이를 소개하여 작품의 배경과 사상을 파악하도록 했다.
4. 8종 교과서의 찾아 읽기 힘든 글들을 시대별, 장르별로 편집하였다. 아울러 시험에 중요하게 취급되는 것들도 빠짐없이 게재하였다.

국어선생님을 위한 한국문학사 강의

차   례

■ 고대 가요

■ 향   가

국어선생님을 위한 **한국문학사 강의**

국어선생님을 위한 한국문학사 강의

국어선생님을 위한 한국문학사 강의

국어선생님을 위한 **한국문학사 강의**

고대가요

- 공무도하가/백수광부의 아내
- 황조가/유리왕
- 구지가/구간 등
- 해가/강릉 백성

공무도하가(公無渡何歌)

백수광부(白首狂夫)의 아내

고조선 때 어떤 늙은 광부(狂夫)가 물에 빠져 죽는 것을 보고, 그의 아내가 슬퍼하며 공후를 타면서 불렀다는 노래이다. 조선(朝鮮)의 사공 곽리자고(藿里子高)가 그것을 목격하고, 그의 아내 여옥(麗玉)이 후세에 전했다고 알려져 있으나 이설도 있다.

작품명은 '공무도하가' 또는 '공후인'으로 알려져 있으나 '공후인'을 악곡명으로 보는 견해도 있다.

公無渡河(공무도하)	그대 강물을 건너지 마오.
公竟渡河(공경도하)	그대 기어이 강물을 건너시네.
墮河而死(타하이사)	물에 빠져 죽으시니
當奈公何(당내공하)	이제 그대, 어이하리오.

〈해동역사(海東繹史)〉

- 우리나라 문학사상 가장 오래된 작품이다.
- **해동역사(海東繹史)** 조선 정조(正祖) 때의 학자 한치윤이 저술한 역사책이다. 단군부터 고려까지의 역사를 썼다. 모두 85권인데, 원편 70권은 한치윤이 저술하고, 속편 15권은 그의 조카 한진서가 보충하여 완성했다.

황조가(黃鳥歌)

유리왕

고구려 제2대 유리왕의 설화 속에 삽입되어 있는 서정시다. 유리왕은 왕비 송씨가 승하하자 화희와 치희를 계비로 맞아들였다. 두 아내는 사랑을 다투었는데, 하루는 유리왕이 사냥을 나간 사이 서로 싸우다 치희가 친정으로 돌아가 버리자 이를 슬퍼하여 지은 노래다.

扁扁羽黃鳥(편편황조)　　　　펄펄 나는 꾀꼬리는
雌雄相依(자웅상의)　　　　　암수 서로 정답건만,
念我之獨(염아지독)　　　　　외로운 이 내 몸은
誰其與歸(수기여귀)　　　　　뉘와 함께 돌아갈꼬.

〈삼국사기(三國史記)〉

- 우리나라 최초의 서정적 가요이다.
- **유리왕** 고구려의 제2대 왕. 시조 동명왕의 맏아들, 부여(扶餘)에서 아버지를 찾아 고구려로 와서, 동명왕에 이어 즉위하였다.
- **삼국사기(三國史記)** 고려 인종(仁宗) 23년(1145)에 김부식(金富軾)이 사관들의 도움을 받아, 삼국의 역사를 편찬한 가장 오래된 역사책이다. 내용은 본기(本紀)·연표(年表)·지류(志類)·열전(列傳) 등으로 분류, 서술하였다. 50권 10책.

구지가(龜旨歌)

구간(九干) 등

가락국의 김수로왕 건국 신화에 나오는 노래다. 이 노래를 부르면서 춤을 추면 대왕을 맞이할 수 있다는 하늘의 소리를 듣고, 구간(九干) 등과 백성들이 하늘의 지시대로 부른 노래로, 영군가, 영신군가라고도 한다. 삼국유사에 한역되어 전하는 이 노래는 현전하는 가장 오래된 집단 무요(集團 舞謠)이자, 주술성(呪術性)을 띤 노동요(勞動謠)이다.

龜何龜何(귀하귀하)　　　　거북아, 거북아,
首其現也(수기현야)　　　　머리를 내 놓아라.
若不現也(약불현야)　　　　내놓지 않으면,
煩灼而喫也(번작이끽야)　　구워서 먹으리.

〈삼국유사(三國遺事)〉

• **삼국유사(三國遺事)**　고려 충렬왕(忠烈王) 때 보각국사(普覺國師) 일연 (一然)이 편찬한 역사책이다. 삼국 시대의 야사(野史)를 전설·민담 등을 중심으로 수록하였는데 단군 신화를 비롯하여 많은 설화들을 싣고 있어 고대설화 연구의 귀중한 자료가 된다. 신라 향가 14수가 이 책에 실려 있다.

해가(海歌)

강릉 백성

　　신라 성덕왕 때, 순정공(純貞公)의 아내 수로 부인이 바다 용에게 납치되어 가자, 여러 사람들이 부인을 구하고자 막대로 바닷가 언덕을 치면서 부른 노래다. 구지가와 같은 계열로서, 삼국유사의 수로 부인(水路夫人) 조에 수로 부인의 이야기와 함께 한역(漢譯)되어 전해진다.

龜乎龜乎出水路(귀호귀호출수로)　거북아, 거북아, 수로를 내놓아라.

掠人婦女罪何極(약인부녀죄하극)　남의 아내를 앗은 죄 크고도 크도다.

汝若悖逆不出獻(여약패역불출헌)　네 만약 어기어 내놓지 않으면,

人網捕掠燔之喫(인망포략번지끽)　그물로 잡아서 구어 먹으리.
〈삼국유사(三國遺事)〉

향 가

- 서동요/서동
- 혜성가/융천사
- 풍요/만성남녀
- 원왕생가/광덕
- 모죽지랑가/득오
- 헌화가/무명노인
- 원가/신충
- 도솔가/월명사
- 제망매가/월명사
- 안민가/충담사
- 찬기파랑가/충담사
- 우적가/영재
- 천수대비가/희명
- 처용가/처용
- 보현시원가/균여

서동요(薯童謠)

서 동(薯 童)

신라 진평왕(眞平王)때 서동이 선화공주를 아내로 삼기 위해 지어서 서라벌의 어린이들에게 부르게 했다는 4구체로 된 동요(童謠)이다. 서동의 이름은 장(璋)인데 어려서부터 마(薯)를 캐어 팔아 생활을 했기 때문에 사람들은 그를 서동(薯童, 맛둥)이라고 불렀다.

선화공주(善化公主)님은

남 모르게 은밀히

맛둥방을

밤에 몰래 안고 간다.

〈삼국유사(三國遺事)〉

· 현존하는 최고(最古)의 향가이다.
· 서 동(薯 童) 백제 제30대 무왕.

혜성가(彗星歌)

융천사(融天師)

세 화랑이 금강산으로 유람을 떠나려고 하는데, 마침 혜성(彗星)이 나타났다. 이런 괴변(怪變)은 종종 국토에 불길한 변란을 가져온다고 생각하고 세 화랑은 금강산 유람을 포기하려 했다. 이때 융천사가 향가를 지어 불렀더니 별의 괴변은 사라지고 국토를 침범한 일본병들이 모두 물러갔다고 한다.

옛날 동해(東海) 물가
건달바(乾達婆)의 논 성(城)을 바라보고,
"왜군(倭軍)이 왔다!"
하고 봉화를 든 변방(邊方)이 있어라.
세 화랑(三花)의 산(山) 구경 간다는 소식을 듣고
달도 부지런히 등불을 켜는데,
길을 쓸고 있는 별을 바라보고
"혜성(彗星)이여!"
하고 말한 사람이 있구나.
아아! 달은 저 아래로 떠 갔더라.
이로 보아 무슨 혜성(彗星)이 있을까?

풍요(風謠)

만성남녀(滿城男女)

선덕여왕 때 지은 불교 가요로 형식은 4구체이다. 승려 양지(良志)가 영묘사에 장륙존상 불상을 만들 때, 성중의 사람들이 그 절에 쓰이는 진흙을 나르면서 불렀다는 노래이다.

오다 오다 오다.
오다, 서럽더라.
서럽다, 우리들이여!
공덕을 닦으로 오다.

• **양지**(良志) 스님. 가문을 알 수 없음. 동냥으로 일반 백성과 단골들에 의지해 살아가며, 스스로 조각을 하는 장인 노릇을 했다.

원왕생가(願往生歌)

광 덕(廣 德)

삼국유사에 전하는 10구체의 향가이다. 작자의 깊은 신앙을 읊고 있는데 작자는 광덕이라는 설과 광덕의 처라는 설이 있으나 광덕이라는 설이 유력하다.

달님이시요! 이제,
서방까지 가시고
무량수 부처님께
말씀해 주소서.
다짐 깊으신 아미타불을 우러러
두 손 모두옵고
"왕생을 원합니다. 왕생을 원합니다" 하면서
그리워하는 사람 있음을 말씀해 주소서.
아아! 이 몸을 버려 두고
사십팔 대원이 이루어질까 두려워라.

• 광 덕(廣 德) 신라 문무왕 때의 승려. 짚신을 삼아 생계를 이으면서 아내와는 10여년 간 동거하면서도 동침하지 않고 수도(修道)에만 전념했다 한다.

모죽지랑가(慕竹旨郞歌)

득 오(得 烏)

득오가 불모로 잡혀 부산성(富山城) 창(倉)지기가 되었을 때
친구인 죽지랑이 공을 세워 속죄하게 해 주었다. 죽지랑이 죽자
득오가 그를 사모하여 지은 노래이다.

간 봄을 그리워함에
모든 것이 울며 시름하는데
아름다움 나타내신
얼굴에 주름살이 지려하는구나.
눈 깜빡할 사이에
만나 뵈옵기를 지으리.
(郞)랑이여, 그리운 마음이 가는 길에
다북쑥 우거진 마을에 잘 밤인들 있으리오?

·득 오(得 烏) 신라 효소왕 때 사람이다.

헌화가(獻花歌)

무명 노인(老人)

　　신라 성덕왕 때 어느 견우노옹(牽牛老翁)이 지었다. 삼국유사
권 2 수로부인조에 '해가'와 함께 수록되어 있다. 성덕왕 때에 순
정공이 강릉 태수가 되어 부임하던 길에, 공(公)의 부인 수로(水
路)가 바닷가 절벽 위에 핀 철쭉꽃을 탐냈다. 그러나 사람의 손
이 닿을 수 없는 위험한 곳이어서 아무도 선뜻 나서는 자가 없었
다. 그 때 한 늙은이가 암소를 끌고 지나다가 부인의 말을 듣고
기꺼이 꽃을 꺾어 바치며 이 노래를 지어 불렀다고 한다.

자주빛 바위 끝에
잡고 가는 암소를 놓게 하시고
나를 아니 부끄러워하시면
꽃을 꺾어 바치겠습니다.

원가(怨歌)

신 충(信 忠)

원래 10구체 형식었다고 하나 현재는 후구가 없는 8구체이다. 효성왕이 임금이 되기 전에 신충과 잣나무 아래서 바둑을 두면서 후일 임금이 되어도 그를 잊지 않겠다고 잣나무를 두고 맹세했다. 후에 그가 임금이 되어도 그 약속을 잊고 돌보지 않자, 신충이 원망하는 노래를 지어 잣나무에 붙였더니 나무가 시들었다. 이에 임금이 잊고 있었음을 깨우쳐 신충을 불러들여 벼슬을 내리자 나무는 다시 살아났다고 한다.

뜰의 잣나무가
가을에 시들지 않음과 같이
너를 어찌 잊겠느냐고 하신
우러르던 낯이 계시온데
달 그림자가 옛 못의
가는 물결을 원망하듯이
얼굴을 바라보나
세상도 싫은지고!
※ 이하 두 구는 전해지지 않음

· **신 충**(信 忠) 신라 때의 대신으로 벼슬은 상대등(上大等)까지 올랐다. 763(경덕왕 22)년 벼슬에서 물러나 중이 되어 단속사(斷俗寺)를 짓고 효성왕의 명복을 빌었다.

도솔가(兜率歌)

월명사(月明師)

경덕왕때 하늘에 해가 두 개가 나타나 없어지지 않았다. 경덕
왕이 월명사를 불러 노래를 지어 부르게 했더니 해의 괴변은 사
라졌다고 한다.

오늘 이에 산화가(散花歌)를 불러
뿌리온 꽃아! 너는
곧은 마음의 명을 받아
미륵보살님을 모시도다.

제망매가(祭亡媒歌)

월명사(月明師)

　　신라 경덕왕(景德王) 때 월명사가, 먼저 죽은 누이를 위해 재(齋)를 올리면서 지은 10구체 향가이다. 누이의 죽음이라는 현세의 인간적 슬픔과 고뇌가 내세에서의 종교적 만남의 확신으로 승화되는 과정을 통해 신라인의 차원 높은 정신 세계가 잘 드러나 있다. '위망매영재가(爲亡媒營齊歌)'라고도 부르며 현재 전해지는 향가 중 가장 빼어난 서정적 작품으로 인정받고 있다.

인생의 살고 죽는 길은
여기 불도에 있으므로 두렵게 여기고,
나는 가노라는 말도
못 다 하고 갔는가?
어느 가을 이른 바람에
여기저기 떨어지는 잎처럼
한 부모, 한 가지에서 나고서도
가는 곳은 서로 모르는구나!
아아, 극락 정토에서 다시 만날 나
도를 닦으며 기다리고 있겠노라.

〈삼국유사(三國遺事)〉

• **월명사**(月明師)　신라 경덕왕(742~764) 때의 승려, 경주의 사천왕사

(四天王寺)에 소속해 있으면서 달 밝은 밤에 피리를 불며 문 앞 큰길로 다녔다. 그 때마다 달이 그를 위해 길을 밝혔으므로 그 길을 월명리(月明里)라 부르고, 그의 이름도 월명(月明)이라 하였다 한다. 그는 향가를 잘 지었으며, 이 작품 외에 4구체로 된 '도솔가(兜率歌)'를 지었다.

안민가(安民歌)

충담사(忠談師)

764(경덕왕 23)년에 왕명에 의하여 지었다. 경덕왕 23년 3월 3일에 왕이 정문 다락에 올라 신하들에게, 거리에 나가서 귀품이 있는 스님을 한 분 모셔 오라고 하였다. 신하들이 한 명승(名僧)을 모셔 왔으나, 왕은 찾던 사람이 아니라며 다시 모셔오라고 했다. 다시 모셔진 이가 충담사였다. 그 때 그는 남산 심화령 미륵 세존에 차 공양을 하고 돌아오는 길이었다. 왕은 그가 향가를 잘 짓는 줄을 이미 알고 '안민가'를 지으라 했다. 그 때 지은 안민가는 임금·신하·백성이 각각 자기 소임을 다하면 나라와 백성이 편하리라는 소박하면서도 그 뜻이 깊은 작품이다.

"임금은 아버지요,
신하는 사랑하실 어머니요,
백성은 어린 아이로고."
한다면
백성이 사랑함을 알 것입니다.
구물거리며 살아가는 백성들
이들을 먹이고 다스리어
"이 땅을 버리고 어디로 갈 것인가."
하면
나라 안이 유지됨을 알 것입니다.

30 향가

아아, 임금답게 신하답게 백성답게 한다면
나라 안이 태평할 것입니다.

찬기파랑가(讚耆婆郎歌)

충담사(忠談師)

    화랑인 기파랑(耆婆郎)이 죽은 뒤 그의 생전 모습을 추모해서
읊은 노래이다.

구름을 열어 젖히며
나타난 달이
흰 구름을 쫓아 떠나는 것이 아닌가?
새파란 냇물에
기랑(耆郎)의 모습이 있구나!
이로부터 냇가의 조약돌에
낭(郎)이 지니시던
마음의 끝을 좇고자
아아, 잣가지 드높아
서리를 모르는 화랑장(花郎長)이여!

• **충담사(忠談師)** 신라 경덕왕 때의 승려.

우적가(遇賊歌)

영 재(永 材)

영재가 노년(老年)이 다 되어 남악으로 가던 도중 대현령에 이르러 도적떼를 만나게 되었다. 도적들이 영재를 알아보고 노래를 지으라 하자 즉석에서 이 노래를 불렀다. 도적들은 노래에 감동, 작자와 함께 중이 되었다 한다.

제 마음의
참 모습을 모르던 날을
멀리 □□ 지나치고
이제는 숨어서 가고 있네.
오직 그릇된 파계주(破戒主)1)를
두려워 하여 다시 또 돌아가겠느냐?
이 칼에 찔리고 나면
좋은 날이 오리라고 기뻐하였으나
아아, 단지 요만한 선(善)은
새 집이 안 됩니다.

・영 재(永 才) 신라 원성왕 때의 화랑, 승려. 풍류에 뛰어난 화랑으로 성품이 익살스럽고 특히 향가를 잘 불렀다 한다. 나이 90에 뜻을 세워 지리산에 은거하여 중이 되었다.

---

1) 파계주(破戒主):도둑.

천수대비가(千手大悲歌)

희 명(希 明)

희명이란 여인의 다섯 살된 아들의 눈이 갑자기 멀자 희명이
분황사 천수관음 앞에서 이 노래를 지어 아이에게 부르게 했더니
아이가 눈을 떴다는 노래이다.

무릎을 꿇고
두 손을 모아
천수관음 앞에
빌며 말씀드립니다.
천 개의 손, 천 개의 눈으로
한 눈을 내놓고 한 눈을 잃어
둘 다 없으니
하나만 그윽히 고쳐 주십시오.
아아, 나에게(은혜) 끼쳐 주신다면
베푸신 자비는 얼마나 큰 것인가?

• 희 명(希 明) 경덕왕 때 한기리에 살던 여인이다.

처용가(處容歌)

처 용(處 容)

신라 헌강왕(憲康王)때 처용이 그의 아내와 동침하고 있는 역신(逆神)을 쫓아내기 위해 지어 부른 노래이다. 이 노래를 듣고 역신은 사죄하며 물러갔다고 한다. 이 노래는 주술적 성격을 띤 향가로서 2음보 대립구조로 되어 있다. 그리고 가사의 일부가 고려가요인 '처용가'에 인용되어 전해진다.

서울(경주) 밝은 달밤에
밤이 늦도록 놀다가
집에 들어와 잠자리를 보니
다리가 넷이로구나.
둘은 내 것이지만
둘은 누구 것인가?
본디 내 것이었지만
빼앗긴 것을 어찌하리.

• 처 용(處 容) 헌강왕 때의 화랑이라고 전해지나 확실치 않다. '삼국유사'에 처용에 대한 설화가 전한다. 879(헌강왕 5)년에 왕이 현재의 울산 남쪽 15리 지점에 있는 개운포(開雲浦)에 놀다가 돌아오려 할 때에 갑자기 천지가 어두워졌다. 좌중에 물어보니 동해 용의 짓이라고 했다. 이에 왕이 용을 위하여 절(寺) 짓기를 명하니 바로 어두운 구름이 사라

지고 동해 용이 일곱 아들을 데리고 나와서 춤을 추었다. 그 중 하나가
왕을 따라왔는데 그가 곧 처용이다.

보현시원가(普賢十願歌)

균　여(均　如)

　　보현십종원왕생가, 줄여서 원왕가라고도 불렀던 종교시이다. 모두 11수로 되어 있다. 형식은 10구체이다. 불교적인 오묘한 관념의 세계를 표현하면서도 서정성을 살리고 있다.

(1) 예경제불가(禮敬諸佛歌)

마음의 붓으로
그리는 부처님 앞에
절하는 이 몸은
법계(法界)[1]가 끝나도록 할지어다.
티끌마다 부처의 절이며
절마다 모셔 놓은
법계(法界)에 가득찬 부처님께
구세(九世)[2]가 다 하도록 예(禮)하고 싶구나.
아아, 신어의업(身語意業)[3]에 무피염(无疲厭)[4]으로
내내 부지런히 예경하리라.

---

1) 일체만유(一切萬有)의 세계.
2) 전세, 현세, 내세가 각각 다시 전세, 현세, 내세의 삼세를 가짐.
3) 몸, 입 마음으로 만드는 모든 것.
4) 괴로움과 시름이 없음.

(2) 칭찬여래가(稱讚如來歌)

오늘 뭇 사람들이
나무아미타불이라고 말한 혀에
끝없는 변재의 바다가
진심으로 생각 속에 솟아나구나.
속세의 헛된 것이 모시는
공덕 쌓으신 몸을 대하여
끝없는 덕의 바다
부처님을 찬양하십시오.
아아, 털끝만큼의 덕도
못다 사뢰는구나.

(3) 광수공양가(廣修供養歌)

부젓가락을 잡고
부처님 앞의 등불 돋우려니
등불의 심지는 수미산이고
등불의 기름은 큰 바다를 이루었구나.
손은 법계(法界)가 다하도록 합장하며
두 손에 법공양(法供養)으로
법계에 가득 차신 부처님!
부처님마다 두루 공양(供養)하고자.
아아, 공양(供養)이야 많으나
이것이야말로 가장 좋은 공양이로다.

(4) 참회업장가(懺悔業障歌)

넘어져
보리(菩提)를 향한 길을 잃고
지어 온 악업(惡業)은
법계(法界)에 넘쳐 나오는구나.
모진 버릇에 떨어진 삼업(三業)은
맑고 깨끗한 계율을 지키고서
오늘날 중생의 모든 참회를
시방(十方)의 부처님, 아십시오.
아아, 중생계(衆生界)가 끝나야만 내 참회도 다하여
다가오는 세상에는 길이 악업(惡業) 짓는 일을 버리고 싶구나.

(5) 수희공덕가(隨喜功德歌)

사리에 어두운 것과 불도를 깨닫는 것은 원래 하나인
인연의 이치를 찾아보고
부처님과 중생이 다하도록
내 몸 아닌 남이 있겠느냐?
닦으시던 돈오(頓悟)를 내가 닦을지언정
얻는 사람마다 남이 없고
어느 사람의 착함이라도
어찌 아니 기쁠 것인가?
아아, 이렇게 생각해 행하면
질투의 마음 일어나지 못하는구나.

(6) 청전법륜가(請轉法輪歌)

저 넓은
법계(法界) 안의 불회(佛會)에
나는 또 나아가
법우(法雨)¹⁾를 빌었습니다.
무명의 흙 깊이 묻고
번뇌(煩惱)의 열로 달여 내어
착한 싹을 못 기른
중생의 밭을 적셔 주십니까?
아아, 보리(菩提)의 열매 영그는
깨달음의 달이 밝은 가을 밭이여!

(7) 청불왕세가(請佛往世歌)

모든 부처님들께서
비록 교화(教化)의 인연을 마치셨으나
손을 모아 합장하며
이 세상에 머무시기를 빕니다.
새벽이나 아침이나 밤에
함께 간청할 벗을 알았구나.
이것을 알게 되니
길 잃은 무리들이 가엾구나!
아아, 마음이 물같이 맑으면
부처님의 그림자가 비치지 아니하겠습니까?

---

1) 중생을 교화하여 덕화를 입혀주는 법.

(8) 상수불학가(常隨佛學歌)

우리 부처님께서
전생(前生)에 닦으려 하시던
수행과 고행(苦行)의 소원을
나는 곧바로 본받겠습니다.
몸이 부서져서 티끌이 될지라도
목숨을 버릴 사이에도
그렇게 할 것을 배우겠습니다.
모든 부처님들도 그렇게 하신 분입니다.
아아, 불도(佛道)를 향한 이 마음이
다른 길로 비껴 가지 않겠습니다.

(9) 항순중생가(恒順衆生歌)

부처님께서는
모든 중생을 뿌리로 삼으셨습니다.
큰 자비의 물로 적셔 있어서
이울지 않는 것입니다.
법계(法界)에 가득 구물구물하는
나도 부처님과 함께 죽으나 사나
한 마음으로 끊어짐이 없이
부처님께 하듯이 중생을 공경하겠습니다.
아아, 중생이 편안하다면
부처님께서도 또한 기뻐하실 것입니다.

(10) 보개회향가(普皆廻向歌)

내가 닦은
모든 착한 일을 바로 돌려서
중생의 바다 안에
방황하는 무리가 없도록 깨우치고 싶습니다.
부처님의 바다가 이루어지는 날에는
참회하던 모진 악한 일도
법성(法性)의 집에 있는 보배라고
예부터 그러셨습니다.
아아, 예로 공경하는 부처님께서도
내 몸이니 그 무슨 남이 있겠습니까?

(11) 총결무진가(總結无盡歌)

중생의 세계가 다하면
내 소원(願) 다할 날도 있습니까?
중생의 깨우침이
깊은 넓은 소원의 바다입니다.
이렇게 큰 원을 세우고 가면
향한 곳마다 착한 일의 길입니다.
아아, 보현께서 행하시는 소원이
또한 부처님의 일입니다.
아아, 보현(普賢)의 마음을 알고서
이것밖의 딴 일은 버리겠습니다.

· 균 여(均 如, 923~973) 불교계의 통합에 힘을 써 종파간의 분쟁을
  종식시켰다. 광종때에 시험관이 되어 유능한 승려를 많이 선발했다.

향가계 시가

- 도이장가/예종
- 정과정/정서

도이장가(悼二將歌)

예 종(睿 宗)

고려 예종이 개국 공신인 김낙(金樂)·신숭겸(申崇謙) 두 장군
을 추도하여 부른 노래이다. '정과정(鄭瓜亭)'과 함께 향가 형식
의 시가가 고려 중엽까지 지어지고 있었음을 예증하는 작품이다.

임을 완전하게 하신
마음은 하늘 끝까지 미치고,
넋은 가셨지만
삼으신 벼슬만큼 대단하구나

바라보면 알리라.
그 때의 두 공신이여!
이미 오래되었으나
그 자취는 아직까지 나타나는구나

• 예　종(睿　宗, 1079~1122)　고려 제16대 왕. 학문과 문학을 애호하여
학자·문신을 많이 배출하였다. 정치적으로는 문약(文弱)하였으며, 여진
(女眞)을 토벌하고 9성(城)을 쌓았으나 뒤에 반환하였다. 풍류를 즐긴
왕으로 알려져 있으며, 그의 노래로는 도이장가와 벌곡조(伐谷鳥)가 있
으나 벌곡조는 전하지 않는다.

정과정(鄭瓜亭)

정 서(鄭 敍)

10구체 향가 형식으로 된 충신연군의 노래이다. 조선왕조에서
궁중음악으로 쓰였다. 악학궤범에서는 삼진작(三眞勺)이라고 했
는데 정서의 호를 타서 정과정, 정과정곡이라고 한다.

내가 임을 그리워하여 울며 지내니.
산 두견새와 슬프고 고독하기가 비슷합니다.
참소한 말이 사실이 아니라 거짓이라는 것을, 아아!
새벽 하늘의 달과 별은 아실 것이리라.
넋이라도 임과 함께 살고 싶구나, 아아!
고집하던 사람이 누구입니까?
잘못도 죄도 전혀 없습니다.
뭇사람들이여! 참소를 마십시오.
슬프구나! 아아!
임께서 벌써 나를 잊으셨습니까?
마십시오. 임이시여! 마음을 돌려서 다시 사랑해 주십시오.

• 정 서(鄭 敍) 호는 과정. 동래 사람으로 벼슬은 내시낭중에 이르렀다.
인종비의 여동생의 남편으로 왕의 총애를 받았다. 의종 5년에 참소를 받
아 동래로 귀양갔는데 의종이 곧 부르겠다고 하고서 20년 동안 소식이
없었다. 정중부의 난으로 의종이 쫓겨나자 다시 기용되었다.

고려가요

정읍사(井邑詞)

작자 미상

행상인의 아내가 남편의 귀가가 늦음을 걱정하며 부른 노래다. 남편에 대한 애틋한 사랑이 6구의 짧은 형식 속에 잘 드러나 있다. 고려사 악지에는 백제의 노래로 밝혀 있어, 현존하는 유일의 백제가요로 보기도 하고, 그 표기와 형태가 고려 속요와 가까워 고려 가요로 보기도 한다.

前腔(전강)[1]	둘하 노피곰 도두샤
	어긔야[2] 머리곰 비취오시라.
	어긔야 어강됴리[3]
소엽(小葉)	아으 다롱디리.[4]
後腔全	져재[5] 녀러신고요.
	어긔야 즌 더룰 드디욜셰라.
	어긔야 어강됴리

---

1) 전강(前腔), 후강(後腔) 등은 악곡의 변화를 표시하는 말.
2) 어기여차. 감탄사.
3) 악률에 맞추어 부르는 뜻 없는 사설.
4) 악기의 소리를 본뜬 음.
5) 여음구, 전주의 저자에.

과편(過篇)	어느이다 노코시라.
金善調(금선조)	어긔야 내 가논더 졈그롤셰라. 어긔야 어강됴리
小葉(소엽)	아으 다롱디리.

〈악학궤범(樂學軌範)〉

달님이시여, 높이높이 돋으시어
어긔야, 멀리멀리 비추어 주소서.
어긔야 어강됴리
자자(시장)에 계신가요?
어긔야, 진 곳을 디디실까 두렵습니다.
어긔야 어강됴리
아무데나 쉬고 계십시오.
어긔야 임가는데 저물까 두렵구나.

- 한글로 기록된 최고(最高)의 속요다.
- 악학궤범(樂學軌範) 조선 성종(成宗) 24년(1493)에 성현(成俔), 유자광(柳子光), 신말평(申末平) 등이 왕명을 받아 편찬한 악전(樂典)이다. 모두 9권 3책인데, 제5권에 정읍사(井邑詞), 동동(動動), 처용가(處容歌), 정과정(鄭瓜亭) 등 고려속요 4편이 수록되어 있어, 고려 가요 연구에 귀중한 자료가 된다.

쌍화점(雙花店)

작자미상

고려 충렬왕 때의 가요이다. 당시 왕이 연악(宴樂)을 좋아 하
여 자주 노래를 짓게 했다는 점으로 보아 이 '쌍화점'도 그런 작
품이라 볼 수 있다. 따라서 이 노래를 고려시대의 속요(俗謠)라
고 보는 것은 잘못이라 하겠다. 모두 4절로 된 이 노래는 퇴폐한
당시의 성(性)윤리를 잘 나타냈으며 나아가 그것을 풍자한 것이
라 볼 수 있다. 조선 성종 때 음사(淫辭)라 하여 가사를 약간 고
쳐 '악장가사(樂章歌詞)'에 전하고 있다.

쌍화점(雙花店)에 쌍화(雙花)사라 가고신던
회회(回回)아비 내손모글 주여이다.
이말ᄉᆞ미 이점(店)밧긔 나명들명
다로러거디러 죠고맛감 삿기광대 네마리라 호리라

더러둥셩 다리러더러 다리러더러 다로러거디러 다로러
긔자리예 나도 자라 가리라
위 위 다로러거디러 다로러
긔잔디 ᄀᆞ티 덦거츠니 업다.

삼장사(三藏寺)애 브를 혀라 가고신던
고 멸 사주(社主)ᅳ내 손 모글 주여이다
이 말ᄉᆞ미 이 뎔 밧긔 나명들명

다르러거디러 죠고맛간 삿기 상좌(上座) —네 마리라 호리라

더러둥셩 다리러디러 다리러디러 다로러거리러 다로러
긔 자리예 나도 자라 가리라
위 위 다로러거디러 다로러
긔 잔 딕ᄀ티 덦거츠니 업다

드레우므레 므를 길라 가고신던
우뭇용(龍)이 내 손모글 주여이다
이 말스미 이 우믈 밧긔 나명들명
다로러거디러 죠고맛간 드레바가 네마리라 호리라

더러둥셩 다리러디러 다리러디러 다로러거리더 다로러
긔 자리예 나도 자라 가리라
위 위 다로러거리러 다로러
긔 잔 딕ᄀ티 덦거츠니 업다

술풀지븨 수를 사라 가고신던
그 짓아비 내 손모글 주여이다
이 말스미 이 집 밧긔 나명들명
다로러더디러 죠고맛간 싀구바가 네마리라 호리라

더러둥셩 다리러디러 다리러디러 다로러거디러 다로러
긔 자리에 나도 자라 가리라
위 위 다로러거디러 다로러
긔 잔 딕ᄀ티 덦거츠니 업다

　　만두 가게에 만두 사러 갔더니
　　몽고인이 내 손목을 쥐더이다.

이 소문이 이 가게 밖에 나면
조그만 새끼광대 네가 퍼뜨린 말이라 하리라.

(후렴) 더러둥셩 다리러더러 다리러더러 다로러거리던 다로리
그 자리여 나도 자라 가리라.
위위 다로러거디러 다로러
그 잔 데같이 더러운 것이 없다

삼장사에 불을 켜러 갔더니
그 절의 주지가 내 손목을 쥐더이다.
이 소문이 이 절 밖에 나면
조그만 새끼중, 네가 퍼뜨린 말이라 하리라.

두레박으로 물을 길러러 갔더니
우물 속의 용이 내 손목을 쥐더이다.
이 소문이 우물 밖에 나면
조그만 두레박 네가 퍼뜨린 말이라 하리라.

술집에 술을 사러 갔더니
그 집 아비가 내 손목을 쥐더이다.
이 소문이 이 집 밖에 나면
조그만 바가지 네가 퍼뜨린 말이라 하리라.

동동(動動)

작자미상

지은이와 연대를 알 수 없다. 모두 13연이며 월령체(月令體) 노래의 효시가 되는 고려 속요이다. 임을 여읜 한 여인의 그리움을 계절에 따라 표현했으며, 시어(詩語)의 구사가 뛰어 났다. 현실적으로 맺어질 수 없는 사랑을 표현한 것이어서 비극성을 내포하고 있다.

덕(德)으란 곰비예 받줍고,
복(福)으란 림비예 받줍고,
덕(德)이여 복(福)이라 호놀
나ᅀᆞ라 오소이다.
　　아으 동동(動動)[1]다리

덕은 신령님께 바치옵고
복은 임에게 바치오니,
덕이며 복이라는 것을
드리려고 옵니다.
아으 동동다리.

정월(正月)ㅅ 나릿므른
아으 어져 녹져 ᄒᆞ논듸,
누릿 가온듸 나곤
몸하 ᄒᆞ올로 녈셔.
　　아으 동동(動動)다리

정월 냇물은
아아, 얼려 녹으려 하는데
세상에 태어나서
이 몸이여, 홀로 살아갈 것인가.
아으 동동다리.

이월(二月)ㅅ 보로매,

2월 보름에,

---

1) 북치는 소리. 의성어(擬聲語).

아으 노피 현 등(燈)ㅅ블 다호라.
만인(萬人) 비취실 즈이샷다.
   아으 동동(動動)다리

삼월(三月) 나며 개(開)흔
아으 만춘(滿春) 돌욋고지여,
ᄂᆞ미 브롤 즈슬
디녀 나샷다.
   아으 동동다리.

사월(四月)아니 니저
아으 오실셔 곳고리새여,
므슴다 록사(錄事)[1] 니믄
나를 닛고신뎌.
   아으 동동다리.

오월(五月) 오일(五日)애,
아으 수릿날 아춤 약(藥)은
즈믄 힐 장존(長存)ᄒᆞ샬
약이라 받줍노이다.
   아으 동동다리.

유월(六月)ㅅ 보로매.
아으 별해 ᄇᆞ룐 빗 다호라.
도로보실 니믈
격곰, 좃니노이다.
   아으 동동다리

아아, 높이 켠 등불답구나.
모든 사람을 비추실 모습이시로다.
아으 동동다리.

3월 지나면 핀
아아, 늦봄의 진달래꽃이여!
남이 부러워할 모습을
지니고 태어났구나.
아으 동동다리.

4월을 아니 잊어
아아, 오는구나, 꾀꼬리새여!
무엇 때문에 녹사님은
옛날을 잊고 계시는구나.
아으 동동다리.

5월 5일에
아아, 단오날 아침 약은
천 년을 장수하실
약이라 바치옵니다.
아으 동동다리.

6월 보름에
아아, 벼랑에 버린 빗 같구나.
돌아보실 임을
잠시 쫓아갑니다.
아으 동동다리.

---

1) 고려시대의 벼슬이름.

칠월(七月)ㅅ 보로매.   7월 보름에
아으 백종(白種) 배(排)ㅎ야 두고,   아아, 온갖 제물을 차려놓고,
니믈 흔 디 녀가져   임과 함께 살고자
원(願)을 비숩노이다.   소원을 비옵니다.
    아으 동동다리.   아으 동동다리.

팔월(八月)ㅅ 보로매,   8월 보름에
아으 가배(嘉俳) 나리마른   아아, 한가위날이지만,
니믈 뫼셔 녀곤   임을 모셔 지내야만
오놀낫 가배(嘉俳)샷다.   오늘이 뜻있는 한가위이로다.
    아으 동동다리.   아으 동동다리.

구월(九月) 구일(九日)애,   9월 9일에
아으 약이라 먹논 황화(黃花)   아아, 약이라고 먹는 노란 국화
고지 안해 드니,   꽃이 집 안에 드니
새셔가 만ᄒ얘라   초가집이 고요하구나.
    아으 동동다리.   아으 동동다리.

시월(十月)애   10월에
아으 져미연[1] ᄇ롯 다호라.   아아, 저민 보리수나무 같구나.
것거 ᄇ리신 후에   꺾어 버리신 후에
디니실 ᄒ부니 업스샷다.   가지실 한 분이 없으시도다.
    아으 동동다리.   아으 동동다리.

---

1) 저민, 잘게 쓴.

십일월(十一月)ㅅ 봉당¹⁾ 자리예,　11월 봉당 자리에
아으 한삼(汗衫) 두퍼 누워　아아, 홑적삼을 덮고 누워
슬흘ᄉ라온뎌.　가련하구나.
고우닐 스싀옴 녈셔.　고운이를 두고 제각기 살아가는구나
　아으 동동(動動)달.　아으 동동다리.

십이월(十二月)ㅅ 분디남ᄀ로 갓곤,　12월 분지나무로 깎은
아으 나ᄉ 반(盤)잇 져 다호라.　아아, 차려드릴 소반의 젓가락같구나.
니믜 알ᄑᆡ 드러 얼이노니,　임의 앞에 들어 정답게 놓으니,
소니 가재다 므ᄅ 숩노이다.　손님이 가져다가 뭅니다.
아으 동동다리.　아으 동동다리.

〈악학궤범(樂學軌範)〉

―――――――――
1) 안방과 건넌방 사이에 마루를 놓지 않고 흙바닥이 그대로 있는 곳.

처용가(處容歌)

작자 미상

신라의 향가인 '처용가'는 고려에 와서 궁중의 나례(儺禮: 잡귀를 쫓기 위한 의식)와 결부되어 '처용희(處容戲), '처용무(處容舞)'로 발전되었다. 조선 시대에 들어와서는 제야(除夜)에 구나례(驅儺禮)를 행한 뒤 두 번 처용무를 연주하여 그 가무(歌舞)와 노래가 질병을 몰아내는 주술적(呪術的) 양식으로 바뀌었다.

前腔(전강)　신라성대(新羅聖代) 소성대(昭聖代)
　　　　　천하대평(天下大平) 나후덕(羅睺德)
　　　　　처용(處容)아바
　　　　　이시인생(以是人生)애 상(相)불어(不語)ᄒ시란더
　　　　　이시인생(以是人生)애 상(相)불어(不語)ᄒ시란더
附葉(부엽)　삼재팔난(三災八難)이 일시소멸(一時消滅)ᄒ샷다
中葉(중엽)　어와 아븨즈이여 처용(處容) 아븨즈이여
附葉(부엽)　만두삽화(滿頭揷花) 계오샤 기우어신 머리예
小葉(소엽)　아으, 수명장원(壽命長願)ᄒ샤 넙거신 니마해
後腔(후강)　산상(山象)이슷 깅어신 눈섭에
　　　　　애인상견(愛人相見)ᄒ샤 오술어신 눈네
附葉(부엽)　풍입영정(風入盈庭)ᄒ샤 오술어신 귀예
中葉(중엽)　홍도화(紅桃花)ᄀ티 붉거신 모야해
附葉(부엽)　오향(五香)마ᄐ샤 웅긔어신 고해
小葉(소엽)　아으 천금(千金)머그샤 어위어신 이베

大葉(대엽) 백옥유리(白玉琉璃)ᄀ티 ᄒ여신 닛바래
인찬복성(人讚福盛)ᄒ샤 미나거신 투개
칠보(七寶) 계우샤 숙거신 엇게예
길경(吉慶) 계우샤 늘의어신 ᄉ맷길헤
附葉(부엽) 셜믜 모도와 유덕(有德)ᄒ신 가스매
中葉(중엽) 복지구족(福智俱足)ᄒ샤 브르거신 ᄇᆡ예
홍정(紅鞓) 게우샤 굽거신 허리예
附葉(부엽) 동락대평(同樂大平) ᄒ샤 길이신 혀튀예
小葉(소엽) 아으 계면(界面) 도ᄅᆞ샤 넙거신 바래
前腔(전강) 누고 지어 셰니오 주고 지어 셰니오
바ᄅᆞᆯ도 실도 어ᄢᅵ 바ᄅᆞᆯ도 실도 어ᄢᅵ
附葉(부엽) 처용(處容)아비ᄅᆞᆯ 누고 지어 셰니오
中葉(중엽) 마아만 마아만ᄒ니여
附葉(부엽) 십이제국(十二諸國)이 모다 지어 셰욘
小葉(소엽) 아으 처용(處容)아비ᄅᆞᆯ 마아만ᄒ니여
後腔(후강) 더자 의야자 녹리(綠李)야
ᄲᆞᆯ리나 내 신 고ᄒᆞᆯ 믜야라
附葉(부엽) 아니옷 미시면 나리어다 머즌발
中葉(중엽) 동경(東京) 붉ᄃᆞᆯ래 새도록 노니다가
附葉(부엽) 드러 내 자리ᄅᆞᆯ 보니 가라리 네히로새라
小葉(소엽) 아으 둘흔 내해어니와 둘흔 뉘해어니오
大葉(대엽) 이런져긔 처용(處容) 아비옷 보시면
열병신(熱病神)이아 회(膾)ㅅ가시로다
천금(千金)을 주리여 처용(處容)아바
칠보(七寶)를 주리여 처용(處容)아바
附葉(부엽) 천금칠보(千金七寶)도 말(마)오
열병신(熱病神)을 날자바 주쇼셔
中葉(중엽) 산(山)이여 믹 여 천리외(千里外)예
처용(處容)아비ᄅᆞᆯ 어여려 거져

小葉(소엽) 아으 열병대신(熱病大神)의 발원(發願)이샷다

신라 성대(新羅聖大) 밝고 거룩한 시대
천하 태평(天下太平)은 나후[1]의 덕(德)
처용(處容) 아비여!
이로써 인생(人生)에 늘 말씀하시지 않아도
이로써 인생(人生)에 늘 말씀하시지 않아도
삼재(三災)[2]와 팔난(八難)[3]이 단번에 없어지는 구나.
아아, 아비의 모습이여, 처용 아비의 모습이여.
머리 가득 꽃을 꽂아 기우신 머리에
아아, 목숨이 길고 멀어 넓으신 이마에
산(山)의 기상(氣象)과 비슷한 무성하신 눈썹에
사랑하는 사람을 서로 보시어 온전하신[4] 눈에
바람이 찬 뜰에 들어 우굴어지신 귀에
복사꽃같이 붉은 모양에
오향(五香) 맡으시어 우묵하신 코에
아아, 천금(千金)을 머금으시어 넓으신 입에
백옥(白玉) 유리같이 흰 이에
사람들이 기리고 복이 성하시어 내미신 턱에
칠보(七寶)를 못 이기어 숙여진 어깨에
길경(吉慶)[5]에 겨워서 늘어진 소매에
슬기 모이어 유덕(有德)하신 가슴에
복(福)과 지(知)가 모두 넉넉하시어 부르신 배에
태평을 함께 즐겨 기나긴 다리에

---

1) 해와 달을 가리신(神). 처용의 위용을 비김.
2) 불, 물, 바람의 재앙.
3) 여덟 가지의 괴로움, 많은 괴로움.
4) 원만하신.
5) 길함과 경사로움.

계면조(界面調)¹⁾에 맞추어 춤추며 돌아 넓은 발에,
누가 만들어 세웠는가? 누가 지어 세웠는가?
바늘도 실도 없이, 바늘도 실도 없이
처용의 가면(假面)을 누가 만들어 세웠는가?
많고 많은 사람들이여!
모든 백성이 모여 만들어 세웠으니
아아, 처용 아비를 많고 많은 사람들이여,
버찌야, 오얏아, 녹리(綠李)야,
빨리 나와 나의 신코²⁾를 매어라.
아니 매면 나릴 것이다. 궂은 발이
신라 서울 밝은 달밤에 새도록 놀다가
돌아와 내 자리를 보니 다리가 넷이로구나.
아아, 둘은 내 것이거니와 둘은 누구의 것인가?
이런 때에 처용 아비가 보시면
열병신(熱病神)³⁾ 따위야 회(膾)의 가시로다.
천금(千金)을 줄까? 처용 아비여.
칠보(七寶)를 줄까? 처용 아비여.
천금도 칠보도 다 말고
열병신을 나에게 잡아 주소서.
산이나 들이나 천 리 먼 곳으로
처용 아비를 피해 가고 싶다.
아아, 열병 대신(熱病大神)의 소망이로다.

---

1) 애조를 띤 가락, 여기에서는 계면조에 의한 춤.
2) 짚신의 앞 끝의 뾰족한 곳.
3) 열병(熱病)을 일으키는 귀신.

사모곡(思母曲)

작자미상

　　아버지의 사랑보다 어머니의 사랑이 더 크고 섬세하다는 내용
이다. 전 5구로 된 짧은 노래이나 빼어난 가요이며 신라 때부터
불리워진 것으로 추측된다.

호매도 놀히언마르ᄂ

낟ᄀ티 들 리도 업스니이다.

아바님도 어이어신마르ᄂ

위 덩더둥셩

어마님ᄀ티 괴시리 업세라.

아소 님하,

어마님ᄀ티 괴시리 업세라.

〈악장가사(樂章歌詞)〉

호미도 날이건마는
낫같이 들리도 없습니다.

아버님도 어버이시지마는
위 덩더둥셩
어머님같이 사랑하실 이 없어라.
마소서, 님이시여!
어머님같이 사랑하실 이 없어라.

청산별곡(靑山別曲)

작자미상

고려 후기 거듭되는 전란(戰亂)으로 인해 삶의 터전을 잃고 정처없이 떠도는 유랑민의 처지를 노래하였다. 현실 도피 내지 삶의 고뇌를 담고 있으며, 빼어난 표현미를 보여 준다. '악장가사'에 그 전문이 전하고, '시용향악보'에도 그 일부가 실려 있다.

살어리 살어리랏다. 청산(靑山)에 살어리랏다.
멀위랑 두래랑 먹고, 청산(靑山)에 살어리랏다.
　　얄리얄리 얄랑셩, 얄라리 얄라.

우러라 우러라 새여. 자고 니러 우러라 새여,
널러와 시름 한 나도 자고 니러 우니로라.
　　얄리얄리 얄라셩, 얄라리 얄라.

가던 새 가던 새 본다. 믈 아래 가던 새 본다.
잉무든 장글란 가지고, 믈 아래 가던 새 본다.
　　얄리얄리 얄라셩, 얄라리 얄라.

이링공 뎌링공 ᄒ야 나즈란 디내와숀뎌.
오리도 가리도 업슨 바므란 또 엇디호리라.
　　얄리얄리 얄라셩, 얄라리 얄라.

어듸라 더디던 돌코, 누리라 마치던 돌코,
믜리도 괴리도 업시 마자셔 우니노라.
　　알리알리 알라셩, 알라리 알라.

살어리 살어리랏다. 바르래 살어리랏다.
ᄂᆞ므자기 굴조개랑 먹고, 바르래 살어리랏다.
　　알리알리 알라셩. 알라리 알라.

가다가 가다가 드로라, 에졍지 가다가 드로라.
사스미 짒대예 올아셔 히금을 혀거를 드로라.
　　알리알리 알라셩, 알라리 알라.

가다니 비브른 도긔 설진 강수를 비조라.
조롱곳 누로기 미와 잡스와니 내 엇디ᄒ리잇고,
　　알리알리 알라셩, 알라리 알라.

　　　　　　　〈악장가사(樂章歌詞)〉

살리라 살리라 청산에 살리라.
머루랑 달래랑 먹고 청산에 살리라.
　　알리알리 알라셩, 알라리 알라.[1]

우는구나, 우는구나, 새여. 자고 일어나 우는구나, 새여.
너보다 시름이 많은 나도 자고 일어나 울고 있노라.
　　알리알리 알라셩, 알라리 알라.

---

1) 후렴구.

가던 새[1] 가던 새 보았느냐? 물 아래[2] 가던 새 보았느냐?
녹이 슨 쟁길랑 가지고 물 아래 가던 새 보았느냐?
　　　얄리얄리 얄라셩. 얄라리 얄라.

이럭저럭하여 낮은 지내왔구나.
올 이도 갈 이도 없는 밤은 또 어찌하리오?
　　　얄리얄리 얄라셩. 얄라리 얄라.

어디다 던지던 돌인가? 누구를 맞히던 돌인고?
미워할 이도 사랑할 이도 없이 맞아서 울고 있노라.
　　　얄리얄리 얄라셩. 얄라리 얄라.

살리라 살리라 바다에 살리라.
나문재[3] 굴조개랑 먹고 바다에 살리라.
　　　얄리얄리 얄라셩, 얄라리 얄라.

가다가 가다가 듣노라. 외딴 부엌 가다가 듣노라.
사슴이 장대에 올라 해금[4]을 타는 것을 듣노라.
　　　얄리얄리 얄라셩. 얄라리 얄라

가다보니, 배부른 독에 진한 강술[5]을 빚는 구나.
조롱박꽃 누룩이 매워 (나를) 붙잡으니 내 어찌하리오?
　　　얄리얄리 얄라셩, 얄라리 얄라

---

1) 새(鳥). 또는 사례.
2) 청산에 반대되는 인간의 속세.
3) 바다풀의 일종.
4) 악기 이름, 깡깡이.
5) 덜 익은 술, 강한 술.

가시리

작자미상

사랑하는 사람과의 이별을 안타까와 하며 부른 민요풍의 노래로, 애절한 마음을 순박하게 표현했다. 율조(律調)가 부드럽고 감정이 진실하다. 시적인 정서와 내용이 아리랑과 비슷하다. 일명 '귀호곡(歸乎曲)'이라고도 한다.

가시리 가시리잇고, 나는[1]
브리고 가시리잇고. 나는
위[2] 증즐가[3] 대평셩디(大平聖代)

날러는 엇디 살라ᄒ고.
브리고 가시잇고 나는
위 증즐가 대평셩디(大平聖代)

셜온 님 보내ᄉᆞᆸ노니, 나는
가시ᄂᆞᆫ 둣 도셔 오쇼셔. 나는
위 증즐가 대평셩디(大平聖代)

〈악장가사(樂章歌詞)〉

---

1) 악률(樂律)에 맞추기 위한 무의미한 소리. 조음구.
2) 감탄사.
3) 악기소리를 흉내낸 여음.

68 고려가요

가시렵니까? 가시렵니까?
버리고 가시렵니까?
위 증즐가 대평성대

나더러 어찌 살라 하고
버리고 가시렵니까?
위 증즐가 대평성대

잡아 둘 것이지만,
서운하면 아니 올까 두렵습니다.
위 증즐가 대평성대

설운 임을 보내옵나니,
가시는듯 돌아오소서,
위 증즐가 대평성대

정석가(鄭石歌)

작자미상

이 노래의 이름인 정석(鄭石)은 그 원뜻이 밝혀지지 않았다. 다만 연모의 대상이 된 인물의 이름일 것으로 추측한다. 헤어지고 싶지 않은 임과의 무한한 사랑을 노래했다.

딩아 돌하 당금(當今)에 계샹이다.
딩아 돌하 당금(當今)에 계샹이다.
션왕셩디(先王聖大)예 노니ᅌᅡ와지이다.

삭삭기 셰몰애 별헤 나ᄂᆞᆫ
삭삭기 셰몰애 별헤 나ᄂᆞᆫ
구은 밤 닷 되를 심고이다.
그 바미 우미 도다 삭나거시아
그 바미 우미 도다 삭나거시아
유덕(有德)ᄒᆞ신 님믈 여ᄒᆡᅌᅡ와지이다.

옥(玉)으로 연(蓮)ㅅ고즐 사교이다.
옥(玉)으로 연(蓮)ㅅ고즐 사교이다.
바회 우희 접듀(接柱)ᄒᆞ요이다.
그 고지 삼동(三同)이 퓌거시아
그 고지 삼동(三同)이 퓌거시아
유덕(有德)ᄒᆞ신 님 여ᄒᆡᅌᅡ와지이다.

므쇠로 텰릭을 몰아 나는
므쇠로 텰릭을 몰아 나는
뎔스(鐵絲)로 주롬 바고이다.
그 오시 다 헐어시아
그 오시 다 헐어시아
유덕(有德)ᄒ신 님 여희ᅀ와지이다.

므쇠로 한쇼를 디여다가
므쇠로 한쇼를 디여다가
텰슈산(鐵樹山)에 노호이다.
그 쇠텰초(鐵草)를 머거아
그 쇠텰초(鐵草)를 머거아
유덕(有德)ᄒ신 님 여희ᅀ와지이다.

구스리 바회예 디신둘
구스리 바회예 디신둘
깃힌둔 그츠리잇가.
즈믄 히룰 외오곰 녀신둘
즈믄 히룰 외오곰 녀신둘
신(信)잇둔 그츠리잇가.

〈악장가사(樂章歌詞)〉

징이여, 돌이여[1]! 지금(임금이) 계십니다.
징이여, 돌이여! 지금(임금이) 계십니다.
선왕성대에[2] 놀고 싶습니다.

---

1) '징'과 '돌'은 정석(鄭石)을 나타냄.
2) 태평성대(太平聖代)에.

사각사각하는 가는 모래 벼랑에
사각사각하는 가는 모래 벼랑에
구운 밤 닷 되를 심습니다.
그 밤이 움이 돋아 싹이 나야
그 밤이 움이 돋아 싹이 나야
유덕하신[1] 임을 여의고 싶습니다.

옥으로 연꽃을 새깁니다.
옥으로 연꽃을 새깁니다.
(그 꽃을) 바위 위에 접붙입니다.
그 꽃이 세 묶음 피어야
그 꽃이 세 묶음 피어야
유덕하신 임을 여의고 싶습니다.

무쇠로 융복[2]을 재단하여
무쇠로 융복을 재단하여
철사로 주름을 박습니다.
그 옷이 다 헐어야만
그 옷이 다 헐어야만
유덕하신 임을 여의고 싶습니다.

무쇠로 황소를 지어다가
무쇠로 황소를 지어다가
쇠나무 산에 놓습니다.
그 소가 쇠풀을 다 먹어야
그 소가 쇠풀을 다 먹어야

---

1) 덕행이 많으신.
2) 무관의 관복.

유덕하신 임을 여의고 싶습니다.

구슬이 바위에 떨어진들
구슬이 바위에 떨어진들
끈이야 끊어지겠습니까?
천 년을 홀로 살아간들
천 년을 홀로 살아간들
믿음이야 끊어지겠습니까?

서경별곡(西京別曲)

작자 미상

　　지금의 평양 지방에서 널리 불리던 노래인 듯한 데 고려가요로 가장 뛰어난 것의 하나이다. 전 14절로 되어 있는 이 노래의 주제는 남녀의 애틋한 이별이다.

서경(西京)이 아즐가 서경(西京)이 셔율히 마르는
위 두어렁셩 두어렁셩 다링디리
닷곤더 아즐가 닷곤더 쇼셩경 고요 마른
위 두어렁셩 두어렁셩 다링다리
여희므론 아즐가 여희므론 질삼뵈 브리시고
위 두어렁셩 두어렁셩 다링디리
괴시란더 아즐가 괴시란더 우러곰 좃니노이다.
위 두어렁셩 두어렁셩 다링다리
구스리 아즐가 구스리 바회예 디신둘
위 두어렁셩 두어렁셩 다링다리
긴히쫀 아즐가 깃힛쫀 그츠리잇가 나는
위 두어렁셩 두어렁셩 다링디리
즈믄히를 아즐가 즈믄히를 외오곰 녀신둘
위 두어렁셩 두어렁셩 다링디리
신(信)잇돈 아즐가 신(信)잇돈 그츠리잇가 나는
위 두어렁셩 두어렁셩 다링디리
대동강(大同江) 아즐가 대동강(大同江) 너븐디 몰라셔

위 두어렁셩 두어렁셩 다링디리
브내여 아즐가 비내여 노흔다 샤공아.
위 두어렁셩 위 두어령셩 다링디리
네 가시 아즐가 네가시 넘난디 몰라셔
위 두어렁셩 위 두어렁셩 다링디리
널비예 아즐가 널비예 여즌다 사공아.
위 두어렁셩 뒤 두어렁셩 다링디리
대동강 아즐가 대동강 건넌편 고즐여
비타들면 아즐가 비타들면 것고리이다. 나는.
위 두어렁셩 위 두어렁셩 다링디리

서경(西京)이 서울이지마는
새로 닦은 작은 서울을 사랑합니다마는
이별하기 보다는 차라리 길쌈 베를 버리고라도
사랑만 해 주신다면 울며 울며 따르겠습니다.
구슬이 바위에 떨어지더라도
끈이야 끊어질 리가 있겠습니까?
천년을 외로이 살더라도
믿음이야 끊어지겠습니까?
대동강이 넓은 줄을 몰라서
배를 내어 놓았느냐, 사공아.
네 아내가 바람난 줄을 몰라서 떠나는 배에다가 얹었느냐? 사공아.
대동강 건너편 꽃을
배를 타고 가면 꺾을 것입니다.

이상곡(履霜曲)

작자미상

　　임을 그리워하는 여인의 심정을 노래한 가요 중에서 **빼어난** 작
품이다. 남녀의 애정을 진솔하게 그렸으며 '쌍화점', '만전춘'과
함께 남여상열지사의 대표작이다.

비 오다가 개야 아눈하 디신 나래
서린 석석사리 조븐 곱도신 길헤
다롱디우셔 마득사리 마득너즈세 너우지
잠ㄸ간 내 니믈 너겨
깃돈 열명 길헤 자라오리잇가.
종종 벽력(霹靂)아 싱 함타무간(陷墮無間)
고대셔 싀여딜 내 모미
종종 별력(霹靂) 아 싱 함타무간(陷墮無間)
고대셔 싀여딜 내 모미
내 님 두숩고 년뫼롤거로리
이러쳐 뎌러쳐
이러쳐 뎌러쳐 긔약(期約)이잇가.
아소 님하, 호딕 녀졋 긔약(期約)이이다.

〈악장가사(樂章歌詞)〉

비오다가 개어 다시 눈이 많이 내린 날에
서린[1] 나무 숲 좁은, 굽어 돈 길에
다롱디우셔[2] 마득사리 마득너즈제 너우지[3]
잠을 따간[4] 내 님을 생각하며
그런 무서운 길에 주무시러 오겠습니까?
때때로 벼락이 쳐서 함타무간[5]에 떨어져
바로 없어질 내 몸이
님을 두고 다른 산[6]을 걷겠습니까?
이렇게 저렇게 하고자 하는 기약이 있겠습니까?
아서라, 님이여!(죽어) 한 곳에
가고 싶어하는 기약뿐입니다.

---

1) 서리어 있는.
2) 북소리, 악률에 맞추기 위한 소리.
3) 악률을 맞추기 위한 뜻이 없는 소리.
4) 빼앗아 간.
5) 무간지옥(無間地獄)에.
6) 다른 님.

만전춘(滿殿春)

작자미상

5연으로 된 이 노래는 고려가요 특유의 주제와 소재를 갖추고 있다. 특히 제 2연과 5연은 시조 형식에 가깝다. 남녀의 정(情)을 나타내고 있어서 조선 성종 때는 음사(淫詞)라 하여 말썽이 되기도 했으나 비유법과 심상(心象)의 전개는 매우 현대적이다.

어름우희 댓닙자리 보와 님과 나와 어러주글만뎡
어름우희 댓닙자리 보와 님과 나와 어러주글만뎡
정(情)둔 오놀밤 더듸 새오시라 더듸 새오시라

경경고침상(耿耿孤枕上)애 어느 즈미 오리오
서창(西窓)을 여러ᄒᆞ니 도화(桃花)ㅣ 발(發)두ᄒᆞ다
도화(桃花)ᄂᆞ 시름업서 소춘풍(笑春風)ᄒᆞᄂᆞ다 소춘풍(笑春風)ᄒᆞᄂᆞ다

넉시라도 님을 ᄒᆞ디 녀닛경(景) 너기다니
넉시라도 님을 ᄒᆞ디 녀닛경(景) 너기다니
벼기더시니 뉘러시니잇가 뉘러시니잇가
올하 올하 아련 비올하
여흘란 어듸 두고 소해 자라 온다
소콧 얼면 여흘도 됴ᄒᆞ니 여흘도 됴ᄒᆞ니

남산(南山)에 자리보와 옥산(玉山)을 벼여 누어

금수산(錦繡山) 니블안해 사향(麝香)각시를 아나 누어
약(藥)든 가을 맛초읍사이다 맛초읍사이다
아소 님하 원대평생(遠代平生) 열힐쁠 모르읍세

얼음 위에 댓닢 자리를 보아
임과 내가 얼어죽을망정
얼음 위에 댓닢 자리를 보아
임과 내가 얼어죽을 망정
정둔 오늘밤 더디 새어라. 더디 새어라.

근심에 싸인 외로운 베갯머리에 어찌 잠이 오리오
서쪽 창문을 여니
북숭아 꽃이 피어나는구나
복숭아 꽃은 걱정없이 봄바람에 웃는구나. 봄바람에 웃는구나

넋이라도 임과 한곳에 남의 경황으로만 여겼더니
넋이라도 임과 한곳에 남의 경황으로만 여겼더니
어기던 사람이 누구였습니까? 누구였습니까?
오리야, 오리야 어린 비오리야
여울은 어디 두고
연못에 자러 오는가?
연못이 곧 얼면
여울도 좋습니다. 여울도 좋습니다.

남산에 자리 보아
옥산을 베고 누워
금수산 이불안에
사향 각시를 안고 누워
약든 가슴을 맞추십시다. 맞추십시다.

알아 주소서, 임이시여.
원대 평생에 이별할 줄 모르고 지냅시다.

상저가(相杵歌)

작자미상

두 사람이 함께 방아를 찧으면서 부른 노래로 '방아타령'을 연상하게 하는 내용이다. 힘써 일해 거둔 곡식을 찧으면서 부모에게 드릴 것을 생각하는 따뜻한 정과 기쁨이 잘 나타나 있다.

듥긔동 방해나 디허 히얘
게우즌 바비나 지서 히얘
아바님 어마님끠 받잡고 히야해
남거시든 내 머고리 히야해 히야해

〈시용향악보(時用鄕樂譜)〉

덜커덩 방아나 찧세 히얘[1]
거친 밥이나 지어 히얘
아버님 어머님께 드리고 히야해
남으면 내가 먹으리 히야해 히야해

* **시용향악보**(時用鄕樂譜) 중종(中宗) 이전에 간행된 것으로 보이며, 국어사 및 국문학 연구에 귀중한 자료가 된다. '악학궤범(樂學軌範)'과 '악장가사(樂章歌詞)'에 전하지 않는 고려 가요가 상당수 수록되어 있다.

---

1) 방앗고를 조절하고 숨을 돌리기 위해 내는 감탄사, 흥겨워 하는 소리.

유구곡(維鳩曲)

작자미상

    작자 미상의 고려 속요. 비연시(非聯詩). 일설에 고려 예종이 지었다는 '벌곡조(伐谷鳥)'로 보기도 하며 속칭 '비두로기(비둘기)'라고 한다. '유구곡(維鳩谷)'은 '비두로기'의 한역(漢譯)이다.

비두로기 새논
울음을 우루대
버곡당이샤
난 됴해.
버곡당이사
난 됴해
버곡당이사
난 됴해

비둘기는
비둘기는
울음을 울되
뻐꾸기야말로
나는 좋아라.
뻐꾸기야말로
나는 좋아라

〈시용향악보(時用鄕樂譜)〉

경기체가

한림별곡(翰林別曲)

한림 제유(翰林諸儒)

고려 고종(高宗)때 한림의 여러 선비들이 지은 노래로 현존하는 최초의 경기체가 작품이다. 모두 8장으로 구성되어 있으며, 시문(詩文)·서적(書籍)·명필(名筆)·명주(名酒)·명화(名花)·풍류(風流)·누각(樓閣)·추천(鞦韆) 등 그들의 생활 주변의 사상(事象)들이 각 장의 제재로 되어 있다. 한자로 된 원문은 생략한다.

원순문 인노시 공노사육
이정언 진한림 쌍운주필
충기대책 광균경의 량경시부
위[1] 시장ㅅ경 긔 엇더ᄒ니잇고.
엽[2] 금학사의 옥순문생 금학사의 옥순문생
위 날조차 몇 부니잇고.

당한서 장로자 한류문집
이두집 난대집 백락천집
모시상서 주역춘추 주대예기
위 주조쳐 내 외온경 긔 엇더ᄒ니잇고
엽 대평광기 사백여권 대평광기 사백여권

---

1) 감탄사.
2) '첨가하는 악곡'의 뜻.

위 역람ㅅ경 긔 엇더ᄒ니잇고.
진경서 비백서 행서초서
전주서 과두서 우세남서
반수필 서수필 빗기 드러
위 딕논 경 긔 엇더ᄒ니잇고.
오생류생 양선생의 오생류생 양선생의
위 주필ㅅ경 긔 엇더ᄒ니잇고.

황금주 백자주 송주예주
죽엽주 이화주 오가피주
앵무잔 호박배예 ᄀ득 브어
위 권상ㅅ경 긔 엇더ᄒ니잇고.
유영도잠 양선옹의 유영도잠 양선옹의
위 취흔 경 긔 엇더ᄒ니잇고.

홍목단 백목단 정홍목단
홍작약 백작약 정홍작약
어류옥매 황자장미 지지동백
위 간발ㅅ경 긔 엇더ᄒ니잇고.
합죽도화 고온 두 분 합죽도화 고온 두 분
위 상영ㅅ경 긔 엇더ᄒ니잇고.

아양금 문탁저 종무중금
대어향 옥기향 쌍가야ㅅ고
금선비파 종지해금 설원장고
위 과야ㅅ경 긔 엇더ᄒ니잇고.
일지홍의 빗근 적취 일지홍의 빗근 적취
위 듣고야 좀드러지라.

봉래산 방장산 영주 삼산
차삼산 홍누각 작작 선자
녹발액자 금수장의 주렴반권
위 등망오호ㅅ경 긔 엇더ᄒ니잇고.
엽 녹양녹죽 재정반애 녹양녹죽 재정반애
위 전황앵 반갑두셰라.

당당당 당추자 조협 남긔
홍실로 홍글위 미요이다.
혀고시라 밀오시라 정소년하
위 내 가논 ᄃᆡ ᄂᆞᆷ 갈셰라.
엽 삭옥섬섬쌍수ㅅ길헤 삭옥섬섬쌍수ㅅ길헤
위 휴수동유 ㅅ경 긔 엇더ᄒ니잇고.

〈악장가사(樂章歌詞)〉

유원순의 문장, 이인로의 시, 이공로의 사륙변려문, 정언 이규보와 한
림 진화의 쌍운을 맞추어 써 내려간 글.
유충기의 책문, 민광균의 경전 해석, 김양경의 시부,
아아, 과거 시험장의 광경, 그것이 어떠합니까?
금의의 죽순같이 많은 문하생. 금의의 죽순같이 많은 문하생.
아아, 나까지 모두 몇 분이나 됩니까?

당서·한서·장자·노자·한유, 유종원의 문집.
이백·두보의 시집, 난대집, 백낙천의 문집
시경·서경, 주역·춘추, 대대례·소대례.
아아, 주석마저 줄곧 외는 광경, 그것이 어떠합니까?
대평광기 400여 권, 대평광기 400여 권,
아아, 두루 읽는 광경, 그것이 어떠합니까?

안진경의 글씨, 비백서, 행서와 초서
소전과 대전, 과두서, 세남의 글씨
양의 수염으로 만든 붓 비스듬히 들어
아아, 획을 찍는 광경, 그것이 어떠합니까?
오생과 유생의 두 분 선생, 오생과 유생의 두분 선생
아아, 휘갈기는 광경, 그것이 어떠합니까?

황금주, 백자주, 송주, 감주
대잎술, 배꽃술, 오가피주
앵무잔, 호박잔에 가득 부어
아아, 술 권하는 광경, 그것이 어떠합니까?
유영과 도연명 두 신선, 유영과 도연명 두 신선
아아, 술 취한 광경, 그것이 어떠합니까?

붉은 모란, 흰 모란, 정홍 모란
붉은 작약, 흰 작약, 정홍 작약
능수버들과 옥매, 누른 장미와 자주빛 장미
지란과 영지와 동백,
아아, 어우러져 핀 광경, 그것이 어떠합니까?
합죽과 복숭아꽃 고운 두 그루, 합죽과
복숭아꽃 고운 두 그루.
아아, 서로 비치는 광경, 그것이 어떠합니까?

아양이 타는 거문고, 문탁이 부는 피리, 종무가 부는 중금
명기 대어향과 옥기향이 타는 쌍가야금
금선이 타는 비파, 종지가 타는 해금, 설원이 치는 장고,
아아, 밤을 새우는 광경, 그것이 어떠합니까?
일지홍의 비게 부는 피리 소리, 일지홍의 비게 부는 피리 소리
아아, 듣고서 잠들고 싶습니다.

봉래산, 방장산, 영주산의 삼신산
이 삼신산의 홍루각의 예쁜 여자
아름다운 여인이 수놓은 비단 장막을 쳐 놓은 방 안에서
구슬 발을 반쯤 걷고
아아, 오호를 보는 야경, 그것이 어떠합니까?
푸른 버드나무와 푸른 대나무를 심은 정자에,
푸른 버드나무와 푸른 대나무를 심은 정자에,
아아, 꾀꼬리와 앵무새의 지저귐, 반갑기도 하구나.

호도나무 쥐엄나무에
붉은 실로 붉은 그네를 맵니다.
당기시라, 미시라, 정소년아,
아아, 내가 가는 곳에 남이 갈까 두렵구나.
가냘프고 고운 두 손을 잡고 가는 길에,
가냘프고 고운 두 손을 잡고 가는 길에,
아아, 손을 잡고 함께 노는 광경, 그것이 어떠합니까?

• **악장가사**(樂章歌詞) 편자와 편찬 연대 미상의 가집(歌集). 경기체가·고
  려속요·악장 등 고려조부터 조선 초까지의 작품이 수록되어 있다. '국조
  사장(國朝詞章)'이라고도 하며, 중종·명종 때의 음악가인 박준(朴浚)이
  편찬하였다는 설이 있다.

상대별곡(霜臺別曲)

권 근(權 近)

사헌부(司憲府)의 별칭인 '상대'에서의 생활을 노래한 것으로
모두 5연으로 되어 있다.

삼각산의 남쪽, 한강 북쪽의 천 년 승지인 한양.
광통교 건너 운종가로 들어가
긴 가지 늘어진 큰 소나무, 우뚝 솟은 잣나무, 추상같은 사헌부.
아아, 만고의 청풍이 감도는 광경, 그것이 어떠합니까?
영웅호걸 같은 오늘날의 뛰어난 인재, 영웅호걸 같은
오늘날의 뛰어난 인재.
아아, 나까지 모두 몇 분이나 됩니까?

새벽닭이 이미 울고, 날이 밝아오는 서울의 긴 거리.
대사헌, 늙은 집의 장령, 지평 등의 사헌부 관리들이
훌륭한 가마를 타고 앞을 꾸짖고 뒤를 옹위하며 좌우 집안의 통행을
금하며
아아, 사헌부로 등청하는 광경, 그것이 어떠합니까?
엄숙하구나, 사헌부의 관리들. 엄숙하구나, 사헌부의 관리들.
무너진 기강을 바로잡는 광경, 그것이 어떠합니까?

각 방의 아침 인사 끝난 후 대청에 바로 앉아
그 도를 바로잡고 그 의를 밝혀 고금의 규범을 참작하여

정치의 득실, 백성의 이해를 조목조목 구제하여
아아, 편지로 올리는 광경, 그것이 어떠합니까?
임금은 현명하고 신하는 충직한 태평성대, 임금은 현명하고
신하는 충직한 태평성대.
아아, 임금이 충간을 흐르는 물같이 따르는 광경, 그것이 어떠합니까?

사헌부의 회의가 끝나고 공무를 마친 후 방주와 유사들이 의관을 벗
고 서로 선생이라 부르며 뒤섞여 앉아,
진귀한 요리, 좋은 술을 아름다운 잔에 가득 부어
아아, 광경, 그것이 어떠합니까?
즐겁구나, 선임관찰. 즐겁구나, 선임관찰.
아아, 취하는 광경, 그것이 어떠합니까?

초나라의 택성음아 너는 좋은가?
족문산의 장생아 너는 좋은가?
현명한 임금과 충성스런 신하가 서로 만난 태평성대에
훌륭한 인재들이 모인 것이 나는 좋습니다.

· 권 근(權 近, 1352~1409) 고려 공민왕 때부터 벼슬하여 예의판서까
  지 올랐다. 조선조에 들어오서도 예문관(藝文館) 대제학(大提學)·의정부
  (議政府) 찬성사(贊成事) 등을 역임하였다. 문장이 뛰어나고 경학(經學)
  에도 밝았다. 그는 성리학자이면서도 문학을 존중하여 경학과 문학의 양
  면을 조화시켰다.

관동별곡(關東別曲)

안 축(安 軸)

작자가 강원도 순무사로 있다가 돌아오는 길에 관동의 절경을
보고 읊은 것이다. 여기서는 원문은 생략한다.

바다로 둘러싸이고 겹겹 산이 첩첩인 관동의 절경에서
푸른 휘장과 붉은 장막에 둘러싸인 병마영주가
옥대를 매고 일산을 받고, 검은 창과 붉은 깃발을 앞세운
명사길.
아, 순찰하는 그 광경, 그것이 어떠합니까?
이 지역의 백성들은 의를 기리는 풍속을 따르네,
아아, 임금의 가르침을 받드는 광경, 그것이 어떠합니까?

학성 동쪽의 원수대, 천도섬, 국도섬,
세 산을 돌고, 십 주를 지나서 금자라가 이고 있는 삼신산.
안개는 걷히고, 붉은 노을은 사라지고, 바람과 물결은 잔잔한데,
아아, 높이 올라서 바라보는 바다의 광경, 그것이 어떠합니까?
계수나무 돛대를 단 화려한 배에 기생들의 노랫소리
아아, 명승지를 둘러보는 광경, 그것이 어떠합니까?

총석정, 금난굴의 기암괴석.
전도암, 사선봉에는 푸른 이낀 긴 옛 비석.
아야발, 바위돌이는 모양도 이상하구나.

아아, 천하의 어디에도 없는 절경이구나.
옥비녀를 꽂고 구슬 신발을 신은 많은 나그네.
아아, 또다시 찾아온다고 하였습니까?

삼일포의 사선정, 전설이 서려있는
미륵당, 안상저, 서른 여섯 봉우리.
밤은 깊고, 물결은 잔잔하고 소나무 끝에는 조각달이 걸려 있구나.
아아, 고운 그 광경, 나와 비슷하구나.
술랑이 바위에 새긴 여섯 글자는
아아, 오랜 세월이 지났는데도 분명하구나!

선유담, 영랑호, 신청도 안으로
푸른 연잎 자라는 모래톱, 푸르게 빛나는 산봉우리, 십 리에 서린 안개.
바람 냄새는 향긋하고, 눈부시게 파란 물결에
아아, 배 띄우는 그 광경, 그것이 어떠합니까?
순채국과 농어회, 은실처럼 가늘고 눈같이 희게 썰구나.
아아, 양락(羊酪)이 맛있다고 한들 이보다 더 하겠는가?

설악산의 동쪽, 낙산의 서쪽, 양양의 풍경,
강선정과 상운정은 남북으로 마주 섰고,
자색의 봉황을 타고 붉은 난새를 탄, 신선 같은 사람들이
아아, 다투어 주현을 켜는 광경, 그것이 어떠합니까?
풍류를 즐기는 술꾼들, 습욱의 지관(池館).
아아, 사철 놀아 보세.

삼한의 예의와 천고의 풍류를 간직한 옛 고을 강릉에는
경포대, 한송정에 달은 밝고 바람은 맑은데

94 경기체가

해당화 길, 연꽃 핀 못가를
아아, 노닐며 감상하는 광경, 그것이 어떠합니까?
누대에 불 밝히고 새벽이 지난 뒤에
아아, 해돋는 광경, 그것이 어떠합니까?

오십천, 죽서루, 서촌 팔경.
취운루, 월송정, 십 리의 푸른 소나무.
옥저를 불고, 가야금을 타며, 맑은 노래 부르고 춤 추며
아아, 정다운 손님을 대하는 광경, 그것이 어떠합니까?
망상정 위에서 푸른 물결 바라보면
아아, 갈매기도 반갑구나.

강은 십 리, 절벽은 천 층, 거울같이 맑은 물을 에워쌌구나.
풍암, 수혈 지나 비룡산에 올라 서서
용비봉에서 불어오는 시원한 여름 바람 쐬고 좋은 술 마시며
아아, 더위를 피하는 광경, 그것이 어떠합니까?
중국의 주씨와 진씨가 더불어 무릉의 풍물을 대대로 전하듯이
아아, 좋은 풍속을 자손 대대로 전하는 광경, 그것이 어떠합니까?

〈근재집 권2〉

• 안 축(安 軸, 1287~1348) 충혜왕 때 강릉의 순무사로 있으면서 '관
  동와주(關東瓦注)'를 남겼고 관동별곡, 죽계별곡을 지어 이름이 높았다.

죽계별곡(竹溪別曲)

안 축(安軸)

고려 충숙왕때 작품으로 문장은 이두문이며 '근재집'에 수록되어 전한다. 작자의 고향인 풍기(豊基) 죽계의 경치를 읊은 것이다.

죽령의 남쪽, 안동의 북쪽, 소백산 앞.
천 년의 홍망 속에도 풍류가 한결같은 순홍성 안에
바로 취화봉에 세 임금님의 태를 묻었구나.
아아, 이 마을을 중흥시킨 광경, 그것이 어떠합니까?
청렴한 정사를 펴 두 나라의 관직을 맡았구나.
아아, 높은 소백산, 죽계수 맑은 풍경, 그것이 어떠합니까?

숙수사의 누각, 복전사의 누대, 승림사의 정자.
초암동, 욱금계, 취원루 위에서
반쯤은 취하고 반쯤은 깨어, 붉고 하얀 꽃 피는 산속을,
아아, 홍이 나서 노니는 광경, 그것이 어떠합니까?
풍류를 즐기는 술꾼들이 떼를 지어서
아아, 손잡고 노니는 광경, 그것이 어떠합니까?

눈부신 봉황이 나는 듯, 옥룡이 서리어 있는 듯,
푸른 산 소나무숲,
지필봉, 연묵지를 모두 갖춘 향교,

96 경기체가

육경에 마음을 담고, 천고를 연구한 공자님의 제자들,
아아, 봄에는 시를 읊고 여름에는 거문고를 타는 광경, 그것이 어떠합니까?
매년 3월 긴 공부 시작할 때
아아, 떠들썩하게 새 친구를 맞는 광경, 그것이 어떠합니까?

초산효, 소운영이 한창인 계절.
꽃은 화려하게 그대를 위해 피었고, 버드나무는 골짜기에 우거졌는데
난간에 홀로 기대어 님이 오시기 기다리면, 갓 나온 꾀꼬리는
노래를 부르고,
아아, 한 떨기 꽃은 그림자를 드리웠구나!
아름다운 꽃이 조금씩 붉어질 때면
아아, 천리 밖의 님 생각 어찌하면 좋으리오?

붉은 살구꽃이 어지러이 날리고, 향긋한 풀이 우거질 땐 술잔을 기울이고
녹음이 무성하고, 화려한 누각 위로 부는 여름의 훈풍.
노란 국화와 빨간 단풍이 온 산을 수놓고, 기러기 날아간 뒤에,
아아, 눈빛 달빛 어우러지는 광경, 그것이 어떠합니까?
좋은 세상에 길이 태평을 누리면서
아아, 사철을 놀아 봅시다.

〈근재집 권2〉

시　조

우　탁(禹　倬)

춘산(春山)에 눈 녹인 바람 건듯 불고 간 데 없다.
적은 덧 빌어다가 머리 위에 불리고자
귀 밑의 해묵은 서리를 녹여 볼까 하노라.

〈청구영언(青丘永言)〉

우　탁(禹　倬)

한 손에 막대 잡고 또 한 손에 가시 쥐고
늙는 길 가시로 막고 오는 백발(白髮) 막대로 치렸더니
백발이 제 먼저 알고 지름길로 오더라.

・우　탁(禹　倬, 1263~1343) 원종~충혜와 때의 학자, 벼슬은 성균관
　제주(成均館 祭酒)를 지냈다. 경사(經史), 역학(易學), 복서(卜笑)에도
　통달 하였다고 한다.

이조년(李兆年)

이화(梨化)에 월백(月白)하고 은한(銀漢)¹⁾은 삼경(三更)인데
일지(一枝) 춘심(春心)을 자규(子規)²⁾야 알랴마는
다정(多情)도 병인양하여 잠 못 들어 하노라.

• 이조년(李兆年, 1269~1343) 고려 말기의 학자, 정치가, 충숙왕과 충
혜왕 때에 원나라에 내왕하며 국가에 공을 세웠고, 예문관 대제학(藝文
館 蘷提學)을 거쳐 성산군(星山君)의 책봉을 받았다.

이존오(李存五)

구름이 무심(無心)탄 말이 아마도 허랑(虛浪)하다.
중천(中天)에 떠 있어 임의(任意)로 다니면서
구태여 광명(光明)한 날빛을 따라가며 덮느냐?

• 이존오(李存五, 1341~1371) 공민왕 때 우정언(右正言), 신돈(辛旽)을
탄핵하려다가 좌천당하여 공주 석탄에서 은둔생활을 하던 중 31세로 분
사하였다. 신돈의 처형 후 성균관 대사성(成均館 大司成)에 추증되었다.

이 색(李 穡)

백설(白雪)이 잦아진 골에 구름이 머흘레라.
반가운 매화(梅花)는 어느 곳에 피었는고.
석양(夕陽)에 홀로서서 갈 곳 몰라 하노라.

• 이 색(李 穡, 1328~1396) 호는 목은. 고려 말 삼은(三隱)의 한사람
  으로 공민왕(恭愍王) 때 문하시중(門下侍中)을 지냈다. 조선 건국 후 태
  조(太祖)의 부름을 끝내 거절하였다. 이제현(李齊賢)과 쌍벽을 이루는
  문장가로 그의 문장이 조선 중엽까지 문풍(文風)을 지배하였다. 저서로
  '목은집(牧隱集)'이 있다.

정몽주의 어머니

까마귀 싸우는 골에 백로(白鷺)야 가지마라.
성난 까마귀 흰 빛을 새오나니.[1]
창파(滄波)에 좋이 씻은 몸을 더럽힐까 하노라.

---

1) 시기, 미워하다.

이방원(李芳遠)

이런들 어떠하리 저런들 어떠하리
만수산 드렁칡에 얽어진들 어떠하리
우리도 이같이 얽어져 백 년(百年)까지 누리리라.

• **이방원**(李芳遠, 1367~1422) 조선조 태조(太祖)의 다섯째 아들, 뒤에
제3대 태종이 되었고, 부친 이성계(李成桂)를 도와 정몽주(鄭夢周)를 제
거하는 등 조선 건국에 공이 크다.

정몽주(鄭夢周)

이 몸이 죽고 죽어 일백 번 고쳐 죽어
백골이 진토되어 넋이라도 있고 없고
임 향한 일편단심이야 가실 줄이 있으랴.

• **정몽주**(鄭夢周, 1337~1392) 고려말 학자, 호는 포은. 삼은(三隱)의
한 사람으로 성리학에 뛰어났던 '대명률(大明律)'을 찬정(撰定) '신율(新
律)'을 간행, 법질서의 확립을 기하고 외교 정책과 군사 정책에도 관여하
여 기울어 가는 국운을 바로잡고자 했으나, 이성계의 신흥세력에 꺾이고
말았다. 벼슬은 문하시중에 이르렀으며, 시문(詩文)에 능하고 서화(書
畫)에도 뛰어났다.

정도전(鄭道傳)

선인교(仙人僑) 나린 물이 자하동(紫霞洞)에 흘러 드니,
반천 년(半千年) 왕업(王業)이 물소리뿐이로다.
아희야, 고국 흥망(故國興亡)을 무러 무엇 하리요.

· **정도전**(鄭道傳, 1337~1398) 조선 개국 공신. 학자. 삼도 도통사(三道
  道統使)에 이르렀다. '신도가(新都歌)', '문덕곡(文德曲)' 등이 악장이 있
  으며, 문집 〈삼봉집(三峯集)〉이 있다.

길 재(吉 再)

오백 년 도읍지(都邑地)를 필마(匹馬)로 돌아드니
산천은 의구(依舊)한데 인걸(人傑)은 간 데 없다.
어즈버 태평연월(太平烟月)이 꿈이런가 하노라.

· **길 재**(吉 再, 1353~1419) 호은 야은(冶隱), 고려 말 삼은(三隱)의
  한 사람 조선 개국 후 정종(定宗) 2년에 태상박사(太常博士)에 임명되었
  으나, 두 왕조를 섬길 수 없다 하여 거절했다.

원천석(元天錫)

눈 맞아 휘어진 대를 뉘라서 굽다는고
굽을 절¹⁾이며 눈 속에 푸를소냐.
아마도 세한고절(歲寒孤節)²⁾은 너뿐인가 하노라.

원천석(元天錫)

홍망(興亡)이 유수(有數)하니 만월대(滿月臺)도 추초(秋草)로다.
오백년(五百年) 왕업(王業)이 목적(牧笛)에 부쳤으니,
석양(夕陽)에 지나는 객(客)이 눈물겨워 하노라.

• **원천석**(元天錫, ?) 고려 말의 학자. 고려가 쇠망함을 슬프게 여겨 치악
산(雉岳山)으로 들어가 부모를 봉양하면서 지냈다. 야사(野史) 6권을 저
술하였으나 국사와 저촉됨이 많아 증손 때 불살랐다 한다. 주요 작품으
로 〈운곡 시집(耘谷詩集)〉, '회고가(懷古歌)' 등 시조 2수가 전한다.

---

1) 절개.
2) 추운 겨울에 외롭게 지키는 절개.

변계량(卞季良)

내해 좋다 하고 남 싫은 일 하지 말며
남이 한다 하고 의 아니면 좇지 마라.
우리는 천성을 지키어 생긴 대로 하리라.

· **변계량**(卞季良, 1369~1430) 정몽주의 제자. 정몽주에게 이방원의 잔
  치에 가지말라고 함. 조선 제3대 태종을 섬겼으며 명나라에 보내는 문서
  는 거의 맡아 처리함.

이 개(李 塏)

방(房) 안에 켰는 촉(燭)불 눌과 이별(離別)하였관데,
겉으로 눈물 지고 속타는 줄 모르는고.
저 촉불 날과 같아서 속타는 줄 모르도다.

· **이 개**(李 塏, 1317~1456) 훈민정음 창제에 참여했다. 사육신의 한
  사람이며, 이색(李穡)의 증손이다. 시문(詩文)으로 이름이 높다.

원 호(元 昊)

간 밤에 울던 여울 슬피 울며 지나갔도다.
이제야 생각하니 님이 울며 보냈도다.
저 물이 거슬러 흐르고자 나도 울며 가리다.

• 원 호(元 昊, ?) 생육신의 한 사람. 문종 때 집현전 직제학을 지냈다.
  단종이 죽자 영월에 가서 3년상을 받들었다. 그 뒤 고향에 은거중 세조
  가 호조 참의를 내렸으나, 끝까지 불응하고 여생을 마치었다.

박팽년(朴彭年)

금생여수(金生麗水)라 한들 물마다 금(金)이 나며
옥출곤강(玉出崑崗)이라 한들 산마다 옥(玉)이 나겠으냐?
아무리 사랑(思郞)이 중(重)타 한들 님님마다 좇으리.

박팽년(朴彭年)

까마귀 눈비 맞아 희는 듯 검노매라.
야광명월(夜光明月)이 밤인들 어두우랴.
님 향(向)한 일편단심(一片丹心)이야 고칠 줄이 있으랴.

· **박팽년**(朴彭年, 1417~1456) 세종 때 집현전 학자로 사육신의 한 사
  람. 경학(經學), 문장, 필법 등에 뛰어났으며, 단종의 복위를 꾀하다가
  죽었다. 시조 2수가 전한다.

성삼문(成三門)

수양산(首陽山) 바라보며 이제(夷齊)를 한(恨)하노라.
주려 죽을진들 채미(採薇)도 하는 것가.
아무리 푸새엣 것인들 그 뉘 땅에 났더냐?

· **성삼문**(成三門, 1418~1456) 사육신(死六臣)의 한 사람. 호는 매죽헌
  (梅竹軒). 세종때의 장원으로 급제해서 벼슬이 승지에 이르렀으며, 최항·
  신숙주 등과 함께 집현전학사로서 훈민정음(訓民正音) 창제에 큰 공을
  세웠다.

송 순(宋 純)

십 년(十年)을 경영(經營)하야 초려삼간(草廬三間) 지어내니,
나 한 간 달 한 간에 청풍(淸風) 한 간 맡겨두고,
강산(江山)은 들일 데 없으니 둘러 두고 보리라.

• 송 순(宋 純, 1493~1583) 호는 면앙정(俛仰亭), 또는 기촌(企村),
조선 선조 때 문신, 이황(李滉)과 교분이 두터웠고, 율곡(栗谷), 송강(松
江) 등이 그의 문하에 출입했다. 가사 '면앙정가'와 2수의 시조가 전하
며, 저서로 '면앙집'과 '기촌집'이 있다.

조 식(曺 植)

두류산(頭流山) 양단수(兩端水)를 예 듣고 이제 보니,
도화(桃花) 뜬 맑은 물에 산영(山影)조차 잠겼구나.
아이야, 무릉(武陵)이 어디메오 나는 옌가 하노라.

• 조 식(曺 植, 1501~1572) 조선 명종(明宗) 때의 학자. 어려서부터
제자백가(諸子百家)에 통하고 학문이 깊었으나, 산야에 은거(隱居)하여
벼슬을 하지 않았다. 이황(李滉)과 함께 명성이 높았으며, 광해군 때 영
의정에 추증되었다.

황　희(黃　喜)

대추 볼 붉은 골에 밤은 어이 떨어지며,
벼 벤 그루에 게는 어이 다니는고,
술 익자 체 장사 돌아가니 아니 먹고 어쩌리.

• **황　희**(黃　喜, 1363~1452)　조선 초기의 정치가. 고려 말에 급제하여
　　성균관학관(成均館學館)을 지냈으며, 조선 건국 후에는 태조(太祖)에서
　　세종(世宗)때에 이르기까지 정승을 지냈다.

이정보(李鼎輔)

국화(菊花)야 너는 어이 삼월동풍(三月東風) 다 보내고
낙목한천(落木寒天)에 네 홀로 피었는가?
아마도 오상고절(傲霜孤節)은 너뿐인가 하노라.
〈병와가곡집(甁窩歌曲集)〉

• **이정보**(李鼎輔, 1693~1766)　1732년 정시문과(庭試文科)에 급제, 검
　　열(檢閱)에 등용되었다. 1736년 사헌부 지평으로 탕평책(蕩平策)을 반
　　대하는 '시무십일조(時務十一條)'를 올렸다가 파직되었다. 그 후 다시 기
　　용되어 관중부추사 등을 역임하였다. 글씨와 한시(漢詩)에 능하다.

황진이(黃眞伊)

동지(冬至)달 기나긴 밤을 한 허리를 베어내어
춘풍(春風) 이불 아래 서리서리 너었다가,
어론님 오신 날 밤이여든 굽이굽이 펴리라.

〈청구영언(靑丘永言)〉

황진이(黃眞伊)

어져 내 일이야 그럴 줄을 몰랐더냐?
있으나 했던들 가랴마는 제 구태어
보내고 그리는 정(情)은 나도 몰라 하노라.

• **황진이**(黃眞伊, ?) 본명은 진(眞) 혹은 진랑(眞郎). 선조 때 개성의 명
 기. 기명(妓名)은 명월(明月). 시와 운율에 뛰어났다. 송도 삼절(松都三
 絕)의 하나. 시조 6수가 전한다.

명　옥

꿈에 뵈는 님의 신의(信義) 없다 하건마는
탐탐(貪貪)이 그리울 때 꿈 아니면 어이 보리.
저 님아, 꿈이라 말고 자주자주 뵈소서.

〈청구영언(靑丘永言)〉

• **명　옥** 화성(지금의 수원)의 명기.

홍　랑(洪　娘)

뫼ㅅ버들 가려 꺾어 보내노라. 님에게
자시는 창(窓) 밖에 심어 두고 보소서.
밤비에 새 잎 곧 나거든 날인가도 여기소서.

・홍　랑(洪　娘, ?)　선조 때의 기생. 고죽(孤竹) 최경창(崔慶昌)과 깊이
　사귀었음..1575년 고죽이 병이 드니, 홍랑이 경성(鏡城)에서 8주야를 달
　려 서울에 쫓아와, 이로 하여 고죽이 벼슬을 내놓게 되었다는 일화가 있
　다. 시조 1수가 전한다.

김수장(金壽長)

초암(草庵)이 적료(寂廖)한데 벗 없이 혼자 앉아
평조(平調) 한닢에 백운(白雲)이 절로 존다.
언의 뉘 이좋은 뜻을 알 리 있다 하리오.

〈해동가요〉

・김수장(金壽長, 1690~?)　영조때의 가인(歌人). 자는 자평(子平). 영조
　22(1746)년 〈해동가요(海東歌謠)〉를 편찬하였다. 1755년 제1차 사업을
　완료했고 1763년에 제2차 사업을 완료하여 1770년에야 개수(改修)를
　끝냈다. 이 〈해동가요〉 속에는 자작 시로 117수를 수록했다.

성 혼(成 渾)

말 없는 청산(靑山)이요, 태(態) 없는 유수(流水)로다.
값 없는 청풍(淸風)이요, 임자 없는 명월(明月)이라.
이 중(中)에 병(病) 없는 이 몸이 분별(分別)없이 늙으리라.

〈화원악보〉

· 성 혼(成 渾, 1535~1598) 이이(李珥)와 6년간에 걸쳐 사단칠정(四
端七情)에 대한 논란을 벌였다. 저서에 '우계집(牛溪集)' '주문지결(朱門
旨訣)' 등이 있다.

작자 미상

바람도 쉬어 넘는 고개 구름이라도 쉬어 넘는 고개,
산진(山眞)이 수진(水眞)이 해동청(海東靑)보라매라도 다 쉬어 넘는
고봉장성령(高峯長城領) 고개.
그 넘어 님이 왔다 하면, 나는 아니 한 번(番)도 쉬어넘어리라.
〈진본(珍本) 청구영언(靑丘永言)〉

작자 미상

창(窓) 내고자 창을 내고자 이 내 가슴에 창을 내고자.
고모장지 시살장지 들장지 열장지 암돌저귀 수돌저귀 배목걸새
크나큰 장도리로 뚝딱 박아 이 내 가슴에 창내고자
이따금 하 답답할 제면 여다져 볼까 하노라.
〈진본(珍本) 청구영언(靑丘永言)〉

114 시조

작자 미상

밝가벗은 아해(兒孩)들이 거미줄 테를 들고 개천(川)으로 왕래(往來)하며,
밝가숭아 밝가숭아 저리 가면 죽느니라, 이리 오면 사느니라, 부르는 이 밝가숭이로다.
아마도 세상(世上) 일이 다 이러한가 하노라.

작자 미상

두터비 파리를 물고 두엄 위에 치다라 앉아
건넌 산(山) 바라보니 백송골(白松骨)이 떠 있거늘 가슴이 끔찍하여 풀석 뛰어 내닫다가 두엄 아래 자빠졌구나. 모쳐라 날랜 나일망정 어혈질 뻔하였도다.
〈진본(珍本) 청구영언(靑丘永言)〉

작자 미상

귀또리 저 귀또리 어엿브다 저 귀또리
어언 귀또릴 지는 달 새는 밤의 긴 소리 짧은 소리 절절(節節)이 슬
픈 소리 제 혼자 울어 대어 사창(紗窓) 여윈 잠을 살뜨리도 깨우는고
야.
두어라, 제 비록 미물(微物)이나 무인동방(無人洞房)에 내 뜻 알리는
너뿐인가 하노라.

작자 미상

나무도 바위돌도 산에서 매게 쫓긴 까투리 안고, 대천(大川)바다 한
가운데 일천 석(一千石) 실은 배에 노도 잃고 닷도 잃고 용총도 끊고
돛대도 꺾고 키도 빠지고 바람 불어 물결 치고 안개 뒤섞여 자자진
날에 갈 길은 천리만리(千里萬里) 남은데 사면(四面)이 검어 어득 저
물어 천지 적막(千地寂寞) 가치노을 몟는 데 수적(水賊) 만난 도사공
(都沙工)의 안과,
엇그제 님 여윈 내 안이야 엇다가 비교하리오.
〈진본(珍本) 청구영언(靑丘永言)〉

116 시조

작자 미상

시어머님 며늘아기 미워 부엌 바닥 구르지 마오.

빗에 받은 며느린가, 값에 쳐 온 며느린가. 밤나무 썩은 등걸에 회초리같이 앙상하신 시아버님, 볕 쬔 소똥같이 말라빠진 시어머님 3년 결은 망태에 새 송곳 부리같이 뾰족하신 시누이님, 당피 갈은 밭에 돌피 난 것같이 샛노란 외꽃 같은 피똥 누는 아들 하나 두고 기름진 밭의 메꽃 같은 며니를 나빠하시는가.

〈청구영언(靑丘永言)〉

이순신(李舜臣)

한산(閑山)섬 달 밝은 밤에 수루(戍樓)에 혼자 안자,
큰 칼 옆에 차고 깊은 시름 하는 적에,
어디서 일성 호가(一聲胡笳)는 남의 애를 끊나니.
이따금 하 답답할 제면 여다져 볼까 하노라.

십년(十年) 갈은 칼이 갑리(匣裏)에 우노매라.
관산(關山)을 바라보며 때때로 만져 보니
장부(丈夫)의 위국 공훈(爲國 功勳)을 어느 때에 드리올고.
〈청구영언(靑丘永言)〉

• 이순신(李舜臣, 1554~1598) 자는 여해(汝諧). 시호는 충무(忠武). 임
  진왜란 때 구국(救國)의 영웅. 노량(露梁) 해전에 전사하였다. 저서로
  '난중일기(亂中日記)'와 시조 2수가 전한다.

118 시조

김천택(金天澤)

강산(江山) 좋은 경(景)을 힘쎈 이 다툴 양이면,
내 힘과 내 분(分)으로 어이하여 얻겠느냐.
진실(眞實)로 금(禁)할 이 없으므로 나도 두고 노니노라.

• **김천택**(金天澤, ?) 숙종 때 포교를 지냈으며 창곡(昌曲)에 뛰어난 천재
였다. 김수장과 경정산가단을 조직하여 후진을 양성하였다.

안민영(安珉英)

바람이 눈을 몰아 산창(山窓)에 부딪치니,
찬 기운(氣運) 새어들어 잠든 매화(梅花)를 침노(侵擄)한다.
아무리 얼우려 한들 봄 뜻이야 앗을 소냐.

강호사시가(江湖四時歌)

맹사성(孟思誠)

　　자연을 즐기며 한가롭게 살아가는 강호의 생활과 임금의 은혜
를 생각하는 심정을 네 계절에 따라 한 수씩 노래한 4수로된 국
문학사상 최초의 연시조(連時調)이다.

강호(江湖)[1]에 봄이 드니 미친[2] 흥(興)이 절로 난다.
탁료 계변(濁醪溪邊)[3]에 금린어(錦鱗魚)[4] 안주로다.
이 몸이 한가(閑暇)함도 역군은(亦君恩)[5]이시도다.

강호(江湖)에 여름이 드니 초당(草堂)에 일이 없다.
유신(有信)한 강파(江波)는 보내느니 바람이로다.
이 몸이 서늘함도 역군은(亦君恩)이시도다.

강호(江湖)에 가을이 드니 고기마다 살져 있다.
소정(小艇)에 그물 실어 흘리 띄워 던져 두고,
이 몸이 소일(消日)함도 역군은(亦君恩)이시도다.

---

1) 강과 호수, 벼슬을 물러나서 선비가 사는 시골.
2) 솟구치는.
3) 막걸리를 마시며 노는 시냇가.
4) 싱싱한 물고기.
5) 역시 임금의 은혜이도다.

강호(江湖)에 겨울이 드니 눈 깊이 자¹⁾가 넘다.
삿갓 빗겨 쓰고 누역²⁾으로 옷을 삼아.
이 몸이 춥지 아니함도 역군은(亦君恩)이시도다.

- **맹사성**(孟思誠, 1360∼1438) 고려 말에 벼슬에 올라, 세종 때에는 좌
의정에 이르렀다. 비가 새어 의관을 적시는 협소한 집에서 살았고, 행차
때에도 수행을 시키지 않고 평민적 생활을 하였다. 고아한 인품의 재상
으로 유명하다.

─────────────────────

1) 한 자.
2) 비옷.

오륜가(五倫歌)

주세붕(周世鵬)

윤리·도덕의 실천궁행을 목적으로 창작한 교훈가이다. 서가(序歌)에 이어 부자유친, 부부유별, 장유유서에 대한 내용이다.

사람 사람마다 이 말씀 들어스라.
이 말씀 아니면 사람이오 사람 아니니
이 말씀 잊지 말어 배우고야 말으리이다.

아버님 날 낳으시고 어머님 날 기르시니,
부모(父母) 곳 아니시면 내 몸이 없을랏다.
이 덕(德)을 갚으려 하니 하늘 가이 없으셨다.

종과 항것과를 뉘라서 삼가신고
벌과 개아미가 이 뜻을 먼저 아니,
한 마음에 두 뜻 없이 속이지나 마옵사이다.

지아비 밭 갈러 간 데 밥고리 이고 가
반상을 들오되 눈썹에 맞추이다.
친코도 고마우시니 손이시나 다르실까.

형님 자신 젖을 내조차 먹우이다.
어와 저 아우야, 어머님 너 사랑이야,

형제곳 불화하면 개 돌이라 하리라.
늙은이는 부모(父母) 같고 어른은 형(兄)같으니,
같은데 불공(不恭)하면 어디가 다를꼬,
날로서 맏이어시든 절하고야 말으리이다.

· **주세붕**(周世鵬, 1495~1554) 우리나라에서 서원(書院)을 창시한 학자
  이다. 1522년 별시문과(別詩文科)에 급제, 그후 참관·대사성 등을 지냈
  다.

어부가(漁父歌)

이현보(李賢輔)

고려시대부터 전하여 오고 어부사(漁父詞)를 조선시대 명종때
장가 9장 단가 4장으로 개작한 것이다.

이 중에 시름 없으니 어부(漁父)의 생애(生涯)로다.
일엽편주(一葉扁舟)를 만경파(萬頃派)에 띄워 두고
인세(人世)를 다 잊었느냐 날 가는 줄을 아는가?

굽어는 천심록수(千尋綠水) 도라보니 만첩청산(萬疊靑山)
십장홍진(十丈紅塵)이 얼마나 가렸는고?
강호(江湖)에 월백하거든 더욱 무심(無心)하여라.

청하(靑荷)에 밥을 싸고 녹류(綠流)에 고기 꿰어
노적화총(蘆荻花叢)에 배 메어 두고
일반청의미(一般淸意味)를 어느 분이 알으실꼬?
산두(山頭)에 한운(閑雲)이 기(起)하고 수중에 백구비(白鷗飛)라
무심(無心)하고 다정(多情)한 이 이 두 것이로다.
일생(一生)에 시름을 잊고 너를 쫓아 놀으리라.

장안(長安)을 돌아보니 북궐(北闕)이 천리(千里)로다.
어주(魚舟)에 누웠은들 잊은 적이 있으랴?
두어라 내 시름 아니라 제세현(齊世賢)이 없으랴!

• **이현보**(李賢輔, 1467~1555) 호는 농암. 1498(연산군 4)년 식년문과 (式年文科)에 급제하여, 교서관의 벼슬을 지냈다. 1504년 정언(正言)으로 서연관(書筵官)의 비행을 논했다가 안동(安東)에 유배되었다. 1506년 중종반정으로 지평(持平)에 복직, 1523년 성주목사로 선정을 베풀어 왕으로부터 표리(表裏)를 하사받았다. 자연을 노래한 많은 시조를 지었고, 10장(章)으로 전하던 단가 '어부사(漁父詞)'를 5장으로 고쳐 지었다.

훈민가(訓民歌)

정 철(鄭 澈)

이 '훈민가'는 선조 13년(1580)에 강원도 관찰사로 재임하는 동안 백성들을 교화할 목적으로 지은 것이다. 유교의 윤리를 주제로 한 교훈가이다.

아버님 날 낳으시고 어머님 날 기르시니
두 분 곧 아니시면 이 몸이 살았으랴.
하늘 같은 은덕을 어디에다 갚사오리.

임금과 백성 사이 하늘과 땅이로되
나의 설운 일을 다 알려 하시거든
우린들 살찐 미나리를 혼자 어찌 먹으리.

형아, 아우야 네 살을 만져 보아
뉘에서 태어났건데 양자[1]조차 같으냐?
한 젖 먹고 길러나 있어 딴 마음을 먹지마라

어버이 살아실 제 섬긴 일란 다하여라.
지난간 후면 애닯다 어찌하리.

---

1) 모양.

평생에 고쳐 못할 일이 이뿐인가 하노라.

한몸을 둘로 나눠 부부를 만드시어
있을 제 함께 늙고 죽으면 한데 간다.
어디서 망령의 것이 눈 흘기려 하느냐?

계집아이 가는 길을 사나이 돌아가듯
사나이 가는 길을 계집이 비껴가듯
제 남편 제 계집 아니거든 이름을 묻지마라.

네 아들 효경(孝經) 읽더니 얼마나 배웠느냐?
내 아들 소학(小學)은 모레면 마치구나.
어느 제 이 두 글 배워 어진 것을 보겠느냐?

마을 사람들아 옳은 일 하자꾸나.
사람이 되어 나서 옳지 못하면
마소를 갓 고깔 씌워 밥 먹이나 다르랴?

팔목 쥐시거든 두 손으로 받치리라.
나갈 데 계시거든 막대 들고 좇으리라.
향음주¹⁾ 다 파한 후에 모셔가려 하노라.

---

1) 마을 유생들이 어른을 모시고 잔치를 열고 향악을 읽으며 권하는 술.

어와, 저 조카야 밥 없이 어찌할꼬?
어외, 저 아저씨 옷 없어 어찌할꼬?
머흔[2] 일 다 일러라 돌보고자 하노라.

너의 집 상사(喪事)를 얼마나 차리느냐?
너의 딸 남편은 언제나 맞추는가?
내게도 재산은 없다마는 돌보고자 하노라.

오늘도 날이 샜다 호미 메고 가자꾸나.
내 논 다 매면 네 논 좀 매우주마.
올 길에 뽕 따다가 누에 먹여 보자꾸나.

비록 못 입어도 남의 옷을 빼앗지 말라.
비록 못 먹어도 남의 밥을 빌리지 말라.
한 때도 때 묻어지면 다시 씻기 어려우리라.

상륙 장기 하지 마라. 소송 재판 하지 마라.
집 망쳐 무엇하며 남과 어찌 원수 되랴?
나라가 법을 세웠으니 죄 될 줄을 모르는가?

---

1) 험한, 궂은.

이고 진 저 늙은이 짐 풀어 나를 주오.
나는 젊었으니 돌인들 무거울까?
늙기도 섫다 하겠거늘 짐을 조차 지실까?

• 정 철(鄭 澈, 1536~1593) 호는 송강(松江) 조선 선조 때의 정치가
  이자 시인. '관동별곡(關東別曲)', '사미인곡(思美人曲)', '속미인곡(續美
  人曲)', '성산별곡(星山別曲)' 등의 뛰어난 작품을 남긴 가사 문학의 제1
  인자였다. 문집으로 '송강집(松江集)', '송강가사(松江歌辭)'가 전한다.
  그는 시조도 많이 남겼다.

고산구곡가(高山九曲歌)

이 이(李 珥)

작자가 42세 때 황해도 해주(海州) 수양산의 석담(石潭)에 내려가 살며 지은 10수의 연시조로서 '석담구곡가(石潭九曲歌)'를 본떠서 지었다는데 그 첫수는 서곡(序曲)이고, 둘째수 부터 제1곡으로 시작하여 제9곡까지 읊었다.

고산구곡담(高山九曲潭)을 사람이 모로더니,
주모복거(誅茅卜居)[1]하니 벗님네 다 오신다.
어즈버 무이(武夷)[2]를 상상(想像)하고 학주자(學朱子)를 하리라.

일곡(一曲)은 어디메오 관암(冠巖)에 해 비친다.
평무(平蕪)[3]에 내 걷으니 원근(遠近)이 그림이로다.
송간(松間)에 녹준(綠樽)[4]을 노코 벗 오는 양 보노라.

이곡(二曲)은 어디메오 화암(化巖)에 춘만(春晚)커다[5].
벽파(碧波)[6]에 곳을 띄워 야외(野外)로 보내로라.

---

1) 띠 풀을 베어내고 살 집을 마련함.
2) 중국 북건성에 있는 산. 주자가 이 산에서 학문을 닦음.
3) 잡초가 우거진 들판.
4) 좋은 술을 담은 술통.
5) 꽃에 피어 있는 바위에 봄이 저무는구나.
6) 푸른 물결.

사람이 승지(勝地)를 모르니 알게 한들 어떠리.

삼곡(三曲)은 어디메오 취병(翠屛)[1]에 잎 퍼졌다.
녹수(綠樹)[2]에 산조(山鳥)는 하상기음(下上基音)[3]하는 적에,
반송(盤松)이 바람을 받으니 여름 경(景)이 없어라.

사곡(四曲)은 어디메오 송암(松巖)에 해 넘거다.
담심암영(潭心巖影)[4]은 온갖 빛이 잠겼세라.
임천(林泉)[5]이 깊도록 좋으니 흥(興)을 계워 하노라.

오곡(五曲)은 어디메오 은병(隱屛)[6]이 보기 좋다.
수변정사(水邊精舍)[7]는 소쇄(瀟灑)[8]함도 가이 없다.
이 중(中)에 강학(講學)도 하려니와 영월음풍(詠月吟風)[9]하리라.

육곡(六曲)은 어디메오 조협(釣峽)[10]에 물이 넓다.
나와 고기와 뉘야 더욱 즐기는고.
황혼(黃昏)에 낚대를 메고 대월귀(帶月歸)[11]를 하노라.

칠곡(七曲)은 어디메오 풍암(楓巖)[12]에 추색(秋色) 좋다.

---

1) 푸른 나무나 풀이 병풍처럼 뒤덮은 절벽.
2) 푸른 나무.
3) 소리를 낮추었다 높였다 함.
4) 못의 물에 비친 바위 그림자.
5) 숲 속의 샘.
6) 깊은 곳에 있어 눈에 잘 띄지 않은 절벽.
7) 물가에 지어 글을 가르치는 곳.
8) 기온이 맑고 깨끗함.
9) 시를 읊으며 즐겁게 놂.
10) 낚시질 하기에 좋은 골짜기.
11) 달빛을 받으며 집으로 돌아옴.
12) 단풍으로 뒤덮은 바위.

청상(清霜)¹⁾ 엷게 치니, 절벽(絕壁)이 금수(錦繡)로다.
한암(寒巖)에 혼자 앉아서 집을 잊고 있노라.

팔곡(八曲)은 어디메오 금탄(琴灘)²⁾에 달이 밝다.
옥진금휘(玉軫金徽)³⁾로 수삼곡(數三曲)을 노는 말이,
고조(古調)를 알 이 없으니 혼자 즐겨 하노라.

구곡(九曲)은 어디메오 문산(文山)에 세모(歲暮)커다.⁴⁾
기암괴석(奇巖怪石)이 눈 속에 묻혔세라.
유인(遊人)⁵⁾은 오지 아니하고 볼 것 없다 하더라.

・이　이(李　珥, 1536~1584)　어려서부터 어머니 사임당 신씨에게 학문
　을 배워 1548(명종 3년) 13세로 진사초시(進士初試)에 합격, 19세에 금
　강산에 입산, 불서(佛書)를 연구하다가 다시 유학(儒學)에 전심했다. 학
　문상으로는 서경덕의 학설을 계승, 주기설을 발전시켜 이황(李滉)의 주
　리적(主理的)인 이기이원론(二氣二元論)과 대립하였다.

---

1) 맑은 서리.
2) 거문고 소리처럼 아름다운 물소기가 나는 여울목.
3) 매우 값지고 좋은 거문고.
4) 아름다운 산에 해가 저물었다.
5) 유람객.

매화사(梅花詞)

안민영(安珉英)

작자가 스승인 박효관의 산방에서 벗과 기생과 더불어 놀면서
박효관의 매화가 책상 위에 있는 것을 보고 지은 8수이다. '영매
가'라고도 한다.

매영(梅影)이 부딪힌 창(窓)에 옥인금차(玉人金車) 비꼈구나.
이삼 백발옹(二三 白髮翁)은 거문고와 노래로다.
이윽고 잔들어 권(權)할 제 달이 또한 오르더라.

어리고 성긴 매화(梅花) 너를 믿지 않았더니,
눈 기약(期約) 능(能)히 지켜 두세 송이 피었구나.
촉(燭) 잡고 가까이 사랑할 제 암향(暗香)조차 부동(浮動)터라.

빙자옥질(氷姿玉質)이여 눈 속에 네로구나.
가만히 향기(香氣) 놓아 황혼월(黃昏月)을 기약(期約)하니,
아마도 아치고절(雅致高節)은 너뿐인가 하노라.

눈으로 기약(期約)터니 네 과연 피었구나.
황혼(黃昏)에 달이 오니 그림자도 성기었다.
청향(淸香)이 잔에 떠 있으니 취(醉)코 놀려 하노라.
해지고 돋는 달이 너와 기약(期約) 두었던가.
합리(閤裏)에 자던 꽃이 향기(香氣) 놓아 맡는구나.

내 어찌 매월(梅月)이 벗 되는줄 몰랐던가 하노라.

바람이 눈을 몰아 산창(山窓)에 부딪치니,
찬 기운(氣運) 새어 들어 잠든 매화(梅花)를 침노(侵撈)한다.
아무리 얼우려 한들 봄 뜻이야 앗을소냐.

저 건너 나부산(羅浮山) 눈 속에 검어 우뚝 울퉁불퉁 광대등걸
아,
네 무슨 힘으로 가지 돋혀 꽃조차 저리 피었는가?
아무리 썩은 배 반만 남았을 망정 봄뜻을 어이 하리오.

동각(東閣)에 숨은 꽃이 척촉(躑躅)인가 두견화(杜鵑花)인가.
건곤(乾坤)이 눈이거늘 제 어찌 감히 피리.
알괘라 백설양춘(白雪陽春)은 매화(梅花)밖에 뉘 있으리.

• 안민영(安玟英, 1816~?) 서민(庶民) 출신. 성품이 고결하고 운취가
 있어 산수를 좋아하고, 명리(名利)를 구하지 않았다. 노래를 잘 지었으며
 음률(音律)에 정통한 조선 말기의 가객(歌客)이다. 1876년에 스승 박효
 관과 더불어 '가곡원류(歌曲源流)'를 편찬하여 시가 문학에 크게 공헌하
 였다.

산중신곡(山中新曲)

윤선도(尹善道)

　　때는 강화·남한산으로 임금을 찾아가다가 항복했다는 것을 알게 되자 보길도(甫吉島)의 부용동(芙蓉洞)에서 여생을 보냈다. 정치적으로 불우했으나 문학적으로 뛰어나 송강 정철, 노계 박인로와 함께 '조선 3대 시가인'으로 불리며, 그의 작품은 자연과 생활을 우리의 국어로 나타내기에 힘썼다.

만흥(漫興)
산수간(山水間) 바위 아래 띠집을 지어내니
그 모르는 남들은 웃는다 한다마는
어리고 향암의 듯에는 내 분인가 하노라.

보리잡 풋나물을 알맞게 먹는 후에
바위 끝 물가에 싫도록 노니로라.
그 남은 여남은 일이야 부러울 줄이 있으랴!

잠 들고 혼자 앉아 먼 산을 바라보니
그리던 임이 온다고 반가움이 이러하랴!
말씀도 웃음도 않아도 못내 좋아하노라.

누군가 삼공(三公)[1] 보다 낫다더니 천자(天子)인들 이만하랴?
지금도 생각하니 소부허유(巢父許由)[2] 약았더라.
아마도 임천(林泉)의 한흥(閑興)[3]을 견줄 데가 없구나.

내 성질이 게으름을 하늘이 알으시어
인간 만사(人間萬事)를 하나도 아니 맡겨,
다만 이 다툴 이 없는 강산(江山)을 지키라 하시도다.

강산이 좋다 한들 내 분수로 누었느냐?
임금님의 은혜를 이제 더욱 아옵니다.
아무리 갚고자 한들 하올 일이 없구나.

조무요(朝霧謠)
월출산(月出山)이 높더니만 미운 것이 안개로다.
천왕(天王) 제일 봉을 일시에 가렸구나.
두어라. 해 퍼진 후면 안개 아니 걷히랴!

하우요(夏雨謠)
비 오는데 들어 가랴 사립 닫고 노 먹여라.
장마가 매양 오랴 쟁기 연장 다스려라.
쉬다가 개는 날 보아 사래 긴 밭 갈아라.

심심은 하다마는 일 없는 장마로다.
답답은 하다마는 한가할 손 밤이로다.
아이야, 일찍 자다가 동 터거든 일러라.

---

1) 삼공(三公):영의정, 좌의정, 우의정.
2) 소부허유(巢父許由):중국 요나라 때의 사람.
3) 임천(林泉)의 한흥(閑興):자연 속에 한가롭게 노는 흥취.

일모요(日暮謠)

바람 분다 문 닫아라, 밤 깊었다 불을 꺼라.
베개에 스러져 마음껏 쉬어 보자.
아이야, 날이 새거든 잠든 나를 깨워다오.

기세탄(饑歲歎)

환자(還子)[1] 타서 산다하고 그것을 그르다 하니,
백이 숙제(佰夷 叔齊)[2] 높은 절개 이러구러 알겠구나.
아! 사람이야 나쁘랴 해운[3]의 탓이로다.

오우가(五友歌)

내 벗이 몇인가 하니 수석(水石)과 송죽(松竹)이라.
동산(東山)에 달 오르니 그 더욱 반갑구나.
두어라, 이 다섯밖에 또 더하여 무엇하리.

구름 빛이 좋다 하나 검기를 자로 한다.
바람 소리 맑다 하나 그칠 적이 많구나.
좋고도 그칠 때 없기는 물뿐인가 하노라.

꽃은 무슨 일로 피면서 쉬어 지고
풀은 어이하여 푸르는 듯 누르는가?
아마도 변지 않는 것은 바위 뿐인가 하노라.

----

1) 환자(還子):봄에 백성에게 꾸어 주었다가 가을에 갚게 하는 곡식.
2) 이제(夷齊):충절을 지키기 위해 수양산에 들어가 굶어 죽은 백이와
   숙제 형제.
3) 해운:그 해의 운수.

더우면 꽃 피고 추우면 잎 지거늘
솔아, 너는 어찌 눈서리를 모르는가?
구천(九泉)에 뿌리 곧은 줄을 글로 하여 아노라.

나무도 아닌 것이 풀도 아닌 것이
곧기는 뉘 시키며 속은 어이 비였는가?
저렇고 사시(四時)에 푸르니 그를 좋아하노라.

작은 것이 높은 떠서 만물(萬物)을 다 비추니
밤중의 광명(光明)이 너만한 이 또 있느냐?
보고도 말 아니 하니 내 벗인가 하노라.

• 윤선도(尹善道, 1587~1671) 호는 고산(孤山). 1616(광해군 8)년의
성균관(成均館)의 유생으로서 권신 이이첨 일당의 횡포를 상소했다가 경
원(慶源)에 유배, 이어 기장(機張)에 이배되는 등 오랫동안 유배생활을
했다. 1623년 인조반정으로 석방, 의금부도사가 되었으나 곧 사직하고
해남(海南)으로 내려 갔다.

산중속신곡(山中續新曲)

윤선도(尹善道)

추야조 1수와 춘요음 1수를 가리킨다. 추야조는 59세 때 지은 것으로 가을 밤의 심정을 읊은 것이고, 추요음은 60세 때 지은 것으로서 봄을 맞이하는 감회를 담고 있다.

추야조(秋夜操)

쉬파리 없어지니 파리채는 놓였으되
낙엽이 느껴 우니 미인(美人)이 늙을 게고
대숲에 달빛이 밝으니 그를 보고 노노라.

춘요음(春曉吟)

엄동(嚴冬)이 지났느냐 눈바람이 어디 갔다.
천만(千萬) 모든 산에 봄기운이 어리었다.
창문을 새벽에 열고서 하늘 빛을 보리라.

어부사시사(漁夫四時詞)

윤선도(尹善道)

　　전해오던 어부사를 고려 때 이현보가 어부가로 개작하고 작가
가 다시 창작한 것이다. 춘사, 하사, 추사, 동사 각 10수씩 총 40
수로 이루어져 있다. 순 우리말 사용과 기교가 뛰어나다.

춘사(春詞)

앞개울에 안개 걷히고 뒷산에 해 비친다.
배 띄워라 배 띄워라
썰물은 물러가고 밀물이 밀려 온다.
찌거덩 찌거덩 어야차
강촌(江村)의 온갖 꽃이 먼 빛이 더욱 좋다.

날시가 덥도다. 물 위에 고기 떴다.
닻 들어라 닻 들어라
갈매기 둘씩 셋씩 오락가락 하는구나.
찌거덩 찌거덩 어야차
낚대는 쥐고 있다. 탁주병 실었느냐.

동풍(東風)이 건듯 부니 물결이 곱게 인다.
돛 달아라 돛 달아라
동호(東湖)를 돌아 보며 서호(西湖)로 가자꾸나.
찌거덩 찌거덩 어야차
앞산이 지나 가고 뒷산이 나아온다.

우는 것이 뻐꾸기 푸른 것이 버들숲가.
배 저어라 배 저어라
어촌(漁村) 두어집이 안개 속에 들락날락
찌거덩 찌거덩 어야차
맑갎은 깊은 못에 온갖 고기 뛰노구나.

고운 별이 쬐었는데 물결이 기름 같다.
배 저어라 배 저어라
그물을 넣어 두랴 낚시대를 놓인 두랴?
찌거덩 찌거덩 어야차
어부가(漁父歌)에 흥이 나니 고기도 있겠도다.

석양(夕陽)이 비꼈으니 그만하고 돌아 가자.
돛 내려라 돛 내려라
물가의 버들 꽃은 곱게 곱게 새롭구나
찌거덩 찌거덩 어야차
저승도 부럽잖다 만사(萬事)를 생각하랴.

방초(芳草)를 밟아 보며 난지(蘭芷)도 뜯어 보자.
배 세워라 배 세워라
일엽편주(一葉片舟)에 실은 것이 무엇인고,
찌거덩 찌거덩 어야차
갈 때는 안개더니 올 때는 달이로다

취(醉)하여 누었다가 여울 아래 내릴세라.
배 매어라 배 매어라
낙홍(樂紅)이 흘러 오니 신선경(神仙境)이 가깝도다.
찌거덩 찌거덩 어야차
인세(人世)의 홍진(紅塵)이 얼마나 가려졌나.

낚시줄 걸어 놓고 봉창의 달을 보자.
닻 내려라 닻 내려라
벌써 밤 들었나 두견 맑게 난다.
찌거덩 찌거덩 어야차
남은 흥(興)이 무궁하니 갈 길을 잊었도다.

내일이 또 없으랴 봄 밤이 그리 길까.
배 붙여라 배 붙여라
낚시대로 막대 삼고 시비(柴扉)를 찾아 보자.
찌거덩 찌거덩 어야차
어부(漁父)의 평생이란 이러구러 지낼러라.

하사(夏詞)
궂은 비 멈춰 가고 시냇물이 맑아 온다.
배 띄워라 배 띄워라
낚시대를 둘러 메니 깊은 흥(興)이 절로 난다.
찌거덩 찌거덩 어야차
산수의 경개(景槪)를 뉘라서 그려 내었나.

연(蓮) 잎에 밥을 싸고 반찬을랑 장만 마라.
닻 들어라 닻 들어라
삿갓은 썼노라마는 드롱이는 갖고 오냐.
찌거덩 찌거덩 어야차
무심한 백구는 내 좇는가 제 좇는가

마른 잎에 바람 나니 봉창이 서늘쿠나
돛 달아라 돛 달아라
여름 바람 정할소냐 가는대로 배 맡겨라.
찌거덩 찌거덩 어야차

남쪽 북쪽 포구(浦口)어딘들 아니 좋겠는가?

물결이 흐리거든 발 씻은듯 어떠하리.
배 저어라 배 저어라
오강(吳江)에 가자 하니 자사 원한 천 년 노도(怒濤) 슬프도다.
찌거덩 찌거덩 어야차
초강(楚江)에 가자 하니 어복(漁腹)충혼 낚을세라.

녹음(綠陰)이 우거진데 조각돌이 기특하다.
배 저어라 배 저어라
다리에 다닫거든 어부들을 책망 마라.
찌거덩 찌거덩 어야차
학발(鶴髮) 노인을 만나거든 순제(舜帝) 옛일 본을 받자.

긴 날이 저무는 줄 흥에 미쳐 모르도다.
돛 내려라 돛 내려라
돛대를 두드리며 수조가(水調歌)를 불러 보자.
찌거덩 찌거덩 어야차
뱃노래 소리 중(中)의 옛 풍류를 그 뉘 알고.

석양이 좋다마는 황혼이 가까웠다.
배 세워라 배 세워라
바위 위에 굽은 길이 솔 아래 비껴 있다.
찌거덩 찌거덩 어야차
푸른 나무 꾀꼴 소리 곳곳에 들리누나.

모래 위에 그물 널고 뜸 밑에 누워 쉬자.
배 메어라 배 메어라
모기를 밉다 하랴 쉬파리와 어떠하냐.

찌거덩 찌거덩 어야차
다만 한 근심을 상대부(桑大夫) 들을세라.

밤 사이 바람 물결 미리 어이 짐작하리.
닻 내려라 닻 내려라
사공은 간 데 없고 배만 가로 놓였구나.
찌거덩 찌거덩 어야차
물가의 파란 풀이 참으로 어여쁘라.

내 집을 바라보니 흰 구름이 둘러 있다.
배 붙여라 배 붙여라
부들부채 가로 쥐고 돌바닥 길 올라 가자.
찌거덩 찌거덩 어야차
어옹(漁翁)이 한가(閑暇)터냐 이것이 구실이다.

추사(秋詞)
물외(物外)의 맑은 일이 어부 생애 아니던가.
배 띄워라 배 띄워라
어옹(漁翁)을 웃지 마라 그림마다 그렸더라.
찌거덩 찌거덩 어야차
사철 흥취 한 가지나 가을 강이 제일 좋다.

강호(江湖)에 가을이 드니 고기마다 살쪄 있다.
닻 들어라 닻 들어라
넓고 맑은 물에 마음껏 즐겨 보자.
찌거덩 찌거덩 어야차
인간세상 돌아보니 멀수록 더욱 좋다.

흰 구름 일어나고 나무 끝이 흔들린다.

돛 달아라 돛 달아라
밀물에 서호(西湖)가고 썰물에 동호(東湖)가자.
찌거덩 찌거덩 어야차
흰 마름 붉은 여뀌 곳마다 아름답다.

기러기 떴는 밖에 못 보던 산 뵈는구나.
배 저어라 배 저어라
낚시질도 하려니와 취한 것이 이 흥취라.
찌거덩 찌거덩 어야차
석양(夕陽)이 비치니 모든 산이 금수로다.

커다란 물고기가 몇이나 걸렸느냐.
배 저어라 배 저어라
갈대 꽃에 불 붙여 골라서 구워 놓고.
찌거덩 찌거덩 어야차
술병을 기울여 박구기에 부어다오.

옆 바람이 곱게 부니 달아맨 돛 돌아온다.
돛 내려라 돛 내려라
어둠은 찾아 오나 맑은 흥은 멀었도다.
찌거덩 찌거덩 어야차
단풍잎 맑은 강이 밉지 아니하다.

흰 이슬 비꼈는데 밝은 달 돋아 온다.
배 세워라 배 세워라
궁전이 아득하니 맑은 빛을 누를 줄고.
찌거덩 찌거덩 어야차
옥 토끼가 찧는 약을 호객(豪客)을 먹이고자.
하늘 땅이 제각긴가 여기가 어디메오.

배 매어라 배 매어라
서풍(西風) 먼지 못 미치니 부채하여 무엇하리.
찌거덩 찌거덩 어야차
들은 말이 없었으니 커 씻어 무엇하리.

옷 위에 서리 오되 추운 줄은 모르겠다.
닻 내려라 닻 내려라
낚시대가 좁다 하나 속세와 어떠한가.
찌거덩 찌거덩 어야차
내일도 이리하고 모래도 이리하자.

솔 사이 내 집 가서 새벽달을 보자 하니,
배 붙여라 배 붙여라
공산(空山) 낙엽에 길을 어찌 찾아 갈고,
찌거덩 찌거덩 어야차
백운(白雲)이 좇아 오니 입은 옷 도 무겁구나.

동사(冬詞)
구름 걷힌 후에 햇볕이 두터웠다.
배 띄워라 배 띄워라
천지가 막혔으나 바다만은 여전하다.
찌거덩 찌거덩 어야차
한 없는 물결이 깁을 편 듯 고요하다.

낚시줄대 다스리고 뱃밥을 박았느냐.
닻 들어라 닻 들어라
소상강(瀟湘江) 동정호(洞庭湖)는 그물에 언다 한다.
찌거덩 찌거덩 어야차
이 때에 낚시 좋기가 이만한 데 없도다.

얕은 개울 고기들이 먼 못이 다 갔느냐,
돛 달아라 돛 달아라
잠깐 새 날 좋은데 바다에 나고 보자.
찌거덩 찌거덩 어야차
미끼가 꽃다우면 굵은 고기 문다 한다.

간 밤에 눈 갠 후에 경물(景物)이 달랐구나.
배 저어라 배 저어라
앞개울 건너고자 몇 번이나 생각했다.
찌거덩 찌거덩 어야차
까닭 없는 된 바람이 행여 아니 불오올까.

자려 가는 까마귀가 몇 마리나 지나갔나.
돛 내려가 돛 내려라
앞 길이 어두운데 저녁 눈이 꽉 차 있다.
찌거덩 찌거덩 어야차
거위 떼를 누가 쳐서 염치(廉恥)를 씻었던가.

붉은 언덕 푸른 벽이 병풍같이 둘렀는데,
배 세워라 배 세워라
크고 좋은 물고기를 낚으나 못 낚으나,
찌거덩 찌거덩 어야차
고주(孤舟)에 도롱 삿갓 흥에 넘쳐 앉았노라.
물가에 외로운 솔 홀로 어이 씩씩한가.
배 매어라 배 매어라
험한 구름 원망 마라 인간 세상 가리운다.
찌거덩 찌거덩 어야차
물결 소리 싫어마라 속세 소리 막는다.

창주(滄州)가 나의 도(道)라 예부터 일렀더라.
닻 내려라 닻 내려라
칠리탄(七里灘)에 낚시질하던 엄자릉(嚴子陵)은 어떻던가.
찌거덩 찌거덩 어야차
십년 동안 낚시질하던 강태공은 어떻던가.

외와 날이 저물어 간다 쉬는 것이 마땅하다.
배 붙여라 배 붙여라
가는 눈 뿌린 길에 붉은 꽃이 흩어진데
홍겹게 걸어가서
찌거덩 찌거덩 어야차
설월(雪月)이 서산에 넘도록 송창(宋窓)을 기대어 있자.

비가(悲歌)

이정환(李廷煥)

병자호란의 국치를 당하여 비분강개한 나머지 비가 10수를 지었다. 인조는 삼전도에서 항복하고 소현세자와 봉림대군이 불모로 잡혀간 것을 보고 나라를 위해 죽지 못하는 처지를 한탄하고 있다.

반 밤중 혼자 일어 묻노라 이내 꿈아.
만 리 요양(萬里遼陽)을 어느덧 다녀 오고
반갑다 학가선용(學駕仙容)을 친히 뵌 듯하여라.

풍설 섞어친 날에 묻노라 북래사자(北來使者)
소해(小海) 용안(容顔)이 얼마나 차우신고.
고국(故國)의 못 죽는 고신(孤臣)이 눈물겨워 하노라.

후생 죽은 후에 항황을 뉘 달래리.
초군(楚軍) 삼 년(三年)에 간고(艱苦)고 그지없다.
어느 제 한일(漢日)이 밝아 태공(太公)오게 할고.

박제상(朴堤上) 죽은 후에 임의 시름 알 이 없다.
이역춘궁(異域春宮)을 뉘라서 모셔 오리.
지금(至今)에 치술령귀혼(鵄述嶺歸魂)을 못내 슬퍼하노라.

모구(矛丘)를 돌아보니 위(衛)사람 어여쁘다.
세월(歲月)이 자로 가니 칡줄이 길었어라.
이 몸의 헤어진 갖옷을 기워 줄 이 없어라.

조정(朝廷)을 바라보니 무신(武臣)도 하 많아라.
신고(辛苦)한 화친(和親)을 누를 두고 한 것이고.
슬프다 조구리(趙廐吏) 이미 죽으니 참승(參乘)할 이 없으라.

구중(九重) 달 밝은 밤에 성려(聖慮)일정 많으려니,
이역풍상(異域風霜)에 학가(鶴駕)인들 잊을소냐.
이밖에 억만창생을 못내 분별하시는가?

구렁에 났는 풀이 봄비에 절로 길어,
알 일 없으니 그 아니 좋을소냐?
우리는 너희만 못하여 시름겨워 하노라.

조그만 이 한 몸이 하늘 밖에 떠지니,
오색 구름 깊은 곳에 어느 것이 서울인고.
바람에 지나는 검줄 같아서 갈 길 몰라 하노라.

이것아 어린 것아 잡말을 말라.
칠실(漆室)의 비가(悲歌)를 뉘라서 슬퍼하리.
어디사 탁주(濁酒) 한 잔 얻어 시름 풀까 하노라.

• 이정환(李廷煥, 1619~1673) 효종, 현종 때의 학자, 시인. 호는 송암
 (松巖). 인조 11년(1633)에 생원시에 급제하였으나, 병자호란의 국치를
 보고 벼슬을 단념하고, 시작(詩作)으로 세월을 보냈다. '비가(悲歌)' 10
 수가 한역시(漢譯詩)와 함께 그의 문집에 전한다.

악   장

- 신도가/정도전
- 월인천강지곡/세종대왕
- 감군은/상진

신도가(新都歌)

정도전(鄭道傳)

조선의 새도읍지인 한양(漢陽)을 찬양하고 국운의 번성과 임금
의 덕을 찬송한 것으로 '악장가사(樂章歌詞)'에 전한다.

녜논 양주(楊州) l 꼬올히여,
디위예 신도형승(新都形勝)이샷다.
개국성왕(開國聖王)이 성대(盛大)를 니르어샷다.
잣다온뎌 당금경(當今景) 잣다온뎌
성수만년(聖壽萬年)ᄒ샤 만민(萬民)성락(成樂)이샷다.
아으 다롱다리,
알픈 한강수(漢江水)여 뒤흔 삼각산(三角山)이여!
덕즁(德重)ᄒ신 江山(강산) 즈으메 만세(萬歲)를 누리쇼셔.

옛날에는 양주에 속한 고을이여!
지경[1]에 새 도읍의 형세가 뛰어나구나!
개국한 성왕이 성대를 일으켜셨도다.
도성답구나! 지금의 모습, 도성답구나.
임금의 수명이 영원하시어 온 백성의 기쁨이구나.
아아, 다롱다리.
앞에는 한강물이여, 뒤에는 삼각산이여!

---

1) 경계.

덕이 많은 강산에서 만세를 누리소서!

• **정도전**(鄭道傳, ?~1398) 조선 개국 공신(開國功臣), 호는 삼봉(三峰).
1326(공민왕 11)년 문과(文科)에 급제, 벼슬이 삼사부사에 이르렀으며,
이성계가 군권을 장악하여 삼군 도총제부를 설치하자 우군 도총제가 되
어 조준·남은 등과 이성계를 도와 조선 건국에 공로가 컸다. 뒤에는 방
석을 옹립하려다 방원(太宗)에게 참수(斬首)되었다.

월인천강지곡(月印天江之曲)

세종대왕

상·중·하 모두 3권으로 500여 수(首)의 노래가 있었던 것으로 추정된다. 수양대군이 엮은 '석보상절(釋譜詳節)'을 토대로 1447 (세종 29)년을 전후해서 세종이 그 대목을 우리말로 고쳐 가요를 만들었다. 이것이 '월인천강지곡'인데 부처가 나서 교화한 자취를 칭송한 노래라는 뜻이다. '월인천강지곡'은 현존하는 것이 상권뿐이다.

1.

높고 큰 석가모니 부처의 그지없고 가이없는 공덕을 어찌 다 말씀드릴 수 있겠습니까?

2.

세존께서 하신 일을 말씀드리겠으니 만 리 밖의 일이시나 눈으로 보는 듯이 여기십시오. 세존말씀을 알려드리겠으니 천 년전의 말씀이시나 귀로 듣는 듯이 여기십시오.

3.

헤아릴 수 없는 전(前) 세상 끝없는 세월에 임금의 자리를 버리시고 정사(精舍:절)에 앉아 계시었는데 (이때) 오백 세(五百 世)전의 원수가 나라의 재물을 훔쳐 정사 앞을 지나갔습니다.

4.

(임금의) 형님인 줄 모르고 관청에서 (도둑의) 발자취를 밟아 가서 잡아 나무에 꿰어 생명을 바치었습니다. 자식이 없으셨으므로 몸에 있는 피를 모아 그릇에 담아 남녀를 만들어 내시었습니다.

5.

불쌍하게 생명을 마친 뒤 감자씨(甘蔗氏)가 이으실 것을 대구담(大瞿曇)이 이었습니다. 아득한 뒷세상에 석가모니 부처가 되실 것을 보광불이 (그때) 말씀하셨습니다.

6.

(불교) 이외의 종교를 믿는 오백 사람이 선혜(善慧)의 공덕을 입어 제자가 되어 은(銀)돈을 바치었습니다. 꽃을 파는 소녀 구이(俱夷)가 선혜의 뜻을 알고 부부가 되려는 발원으로 꽃을 바치었습니다.

7.

(선혜가 뿌린) 다섯 꽃과 두 꽃이 공중에 머무니 (부처를 지키던) 천룡팔부(天龍八部)가 모두 찬탄하였습니다. (선혜)가 옷과 머리를 길가에 펴어 (보광불이 지나가시게 하자 보광불이 선혜에게 부처가 되어 천인을 제도할 것을) 또 미리 말씀하시었습니다.

8.

일곱 송이의 꽃을 줌으로 인하여 (부부가 되겠다는) 굳은 맹세가 깊었으므로 (태어날 때마다 구이는) 선혜의 아내가 되시었습니다. (선혜가) 다섯 가지 꿈을 꾸어 (보광불이 부처가 되리고 말씀하신 것이) 밝아졌으므로 오늘날 석가세존이 되시었습니다.

9.

명현겁(名賢劫)¹⁾이 열릴 때 후세의 일을 보이려고 일천 송이 연꽃이 돋아나 피었습니다. 색계(色界)의 네 하늘이 지난 일로 헤아려 일천 세존이 나실 줄을 알았습니다.

10.

중생들이 다투므로 (시비를 판단하기 위하여) 평등왕(平等王)을 세우니 (석가모니의 조상인) 구담씨(瞿曇氏)가 그 성이시었습니다. (기마왕의 첫째) 부인이 (둘째 부인의 네 아들을) 비방하므로 (넷째 아들) 니루(尼樓)가 나가시니 석가씨(釋迦氏)가 이로 인하여 나시었습니다.

11.

(첫째 부인의 아들) 장생이는 못난 사람이어서 남(둘째 부인의 네 아들)이 나가서 백성들이 모두 남을 따라갔습니다.

니루는 현명하므로 내(니루자신)가 나가니 아버님이 (뒤에) 나를 옳다고 하셨습니다.

12.

(선혜가 부처의 뒤를 이은) 보처(補處)가 되어 도솔천에 계시어 시방세계(十方世界)에 불법(不法)을 말씀하시었습니다. 석가씨의 종족이 번성하므로 가이국(迦夷國)에 불법을 펴려고 하시었습니다.

13.

오쇠(五衰)²⁾와 오서(五瑞)³⁾를 보이시어 염부제에 나실 것이므로

---

1) 일천 부처가 출현하는 현재의 대겁(大劫).
2) 천인(天人)이 세상을 떠나려 할 때 나타나는 다섯 가지 쇠상(衰霜).
3) 좋은 일이 있을 다섯가지 상서(祥瑞).

모든 하늘이 측은히 여기었습니다. 법동과 법회를 세우시어 천인(天人)이 모일 것이므로 모든 하늘이 기뻐하였습니다.

14.

상서로운 별이 돋을 제 흰 코끼리를 타시고 해의 광명을 꿰시었습니다. 천락(天樂)을 아뢰니 모든 하늘이 뒤따라 오고 하늘의 꽃이 떨어졌습니다.

15.

마야 부인의 꿈에 (부처가) 오른쪽 겨드랑이로 들어오시니 밤의 그림자가 유리같으시었습니다. 정반왕이 (해몽을) 물으시니 점장이가 판단하기를 '성자(聖子)가 나시어 정각(正覺)을 이루시겠습니다'라고 하였습니다.

16.

삼천대천세계(三千大川世界)가 밝으며 누전(樓殿)이 이루어지니 (보살이) 앉거나 걸어도 어머님은 모르시었습니다. 모든 부처와 보살이 오시며 하늘과 귀신이 법(法)을 들으니 (부처가) 밤낮으로 법을 말씀하시었습니다.

17.

날과 달이 차니 어머님(마야부인)이 비람원 구경을 가시었습다. 상서(祥瑞)가 많으니 아버님(정반왕)이 무우나무가 있는 곳에 또 가시었습니다.

18.

본래 많으신 경사에 지옥도 비고 귀성(鬼星)도 내리시었습니다. 본래 밝은 광명인데 모든 부처도 (광명을) 비추시며 명월같은 신주(神主)도 달았습니다.

19.

무우나무의 가지가 굽으니 어머님이 (그 가지를) 잡으시어 (석가모니가) 오른쪽 겨드랑이에서 탄생하신 것이 사월 팔일이었습니다. (석가모니가 탄생하자) 연꽃이 솟아나 세존이 (그 꽃을) 디디시고 사방으로 일곱 걸음씩 걸으셨습니다.

20.

오른손과 왼손으로 하늘과 땅을 가르키시며 내가 혼자 존귀하다고 하셨습니다. 온수와 냉수로 좌우에 내리게 하여 아홉 용이 모여 (세존을) 씻기셨습니다.

21.

삼계(三界)가 괴로움을 받고 있노라 하시어 어진 마음이 깊으시므로 하늘과 땅이 매우 진동하였습니다. 삼계를 편안하게 하려는 발원(發願)이 깊으므로 대천세계(大天世界)가 매우 밝았습니다.

22.

천룡팔부가 큰 덕을 생각하여 노래를 불러 기뻐하였습니다. 마왕(魔王)인 파순이 큰덕을 시기하여 앉지를 못하여 시름하였습니다.

23.

채녀¹⁾가 (태자를) 비단에 안아서 어머님께 오니 대신(大神)들이 (태자를) 모시었습니다. 푸른 옷을 입은 사람이 소식을 여쭈니 아버님이 기뻐하시며 종친들을 데려 가시었습니다.

24.

여러 임금과 여러 청의를 입은 사람과 여러 장자들이 아들을 낳으

---

1) 궁녀 또는 곱게 꾸민 여인.

며 여러 석가씨의 아들도 또 낳았습니다. 코끼리와 소와 양과 마굿간의 말이 새끼를 낳으며 건특이란 말도 또 낳았습니다.

25.

범지(梵志) 외도(外道)가 부처의 덕을 알아 만세를 불렀습니다. 우담바라[1]가 부처의 나심을 나타내어 금빛 꽃이 향산에 퍼졌습니다.

26.

상서도 많으시고 광명도 많으시나 끝이 없으므로 오늘 다 아뢰지 못합니다. 천룡도 많이 모이고 사람이나 귀신도 많이 모이었으나 그 숫자를 헤아릴 수 없으므로 다 아뢰지 못합니다.

27.

주소왕 때 좋은 상서를 소유가 알아(임금께) 사뢰니 (그것을 새긴) 돌을 남쪽 성밖에 묻으셨습니다. 후한 명제의 길몽을 부의가 알아 사뢰니 인도에 사자(使者)를 보내셨습니다.

28.

마른 못 가운데 몸이 커서 굴러 다니는 용을 얼마나 많은 벌레가 (그) 비늘을 빨았습니까? 오색 구름 가운데 상서로운 모습이 보이시는 여래께 얼마나 (많은) 중생들이 머리를 조아렸습니까?

29.

세존이 오심을 알고 (몸을) 솟아뵈니 (세존께서) 옛날 뜻을 고치라고 하였습니다. 세존의 말씀을 듣고 돌아보니 제 몸이 (용에서 사람으로) 고쳐 되었습니다.

---

1) 뽕나무과에 딸린 무화과의 일종. 삼천년만에 한 번씩 꽃이 핀다 함.

30.

대보전에 보이신 관상보는 사람이 (석가모니를) 뵙고 출가하여 부처가 되실 것을 아셨습니다. 향산에 사는 하시다가 (석가모니의 관상을) 보고 자기의 늙음을 (한탄하며) 울었습니다.

31.

어머님께서 명이 짧으시나 열달이 족하므로 칠월 보름에 세상에 내리셨습니다. 아드님께서 탄생하시어 (어머님 목숨이) 이레 동안 남았으므로 사월 보름날에 하늘에 오르셨습니다.

32.

파라문이 (정반왕께) 아뢴 말씀이 천신이 좋다고 하시므로 살바실달이 (석가모니의) 이름이었습니다. 아버님의 명에 의한 절을 천신이 말리므로 천중천(天中天)이 (살바실달의) 이름이었습니다.

33.

관상보는 사람도 (태자가 출가하여 성불할 것을) 아뢰고 선인도 말하므로 (왕께서) 밤낮을 염려하셨습니다. 칠보전을 꾸미며 오백 기녀를 가리어 밤낮을 (태자를) 달래셨습니다.

34.

온 바다의 물을 (사람들이) 이고 오니 (태자의) 머리에 붓고 태자를 세우셨습니다. 금륜보가 날아다니므로 천하가 알고 온 나라의 임금이 모두 오셨습니다.

35.

밀다라는 두 가지 글을 배워야만 알므로 태자 말을 아뢰지 못하였습니다. 태자는 예순 네 글을 아니배워도 아시므로 밀다가 도로 가르치시었습니다.

36.

석가씨의 종족이 아뢰기를 태자가 출가하시면 자손이 끊어질 것입니다.(라고 말하였습니다) 아버님께서 말씀하기를 누구의 딸을 가리어야만 며느리가 되어 오겠느냐?(고 말씀하시었습니다)

37.

태자가 태자비의 금상을 만드시어 부덕(婦德)을 쓰시었습니다. 집장석의 딸이 (태자가 만드신) 금상과 같으시어 수정(水晶)을 받으시었습니다.

38.

(집장석이) 사위를 가리어 (태자의) 재주를 믿지 못하여 임금의 말을 거스리었습니다. 아버님이 (태자를) 의심하시어 (태자의) 재주를 물으시어 나라의 사람들을 모두 모으시었습니다.

39.

난다와 조달은 코끼리를 치며 굴리어 끌고하여 두 사람의 힘이 (별로) 다름이 없었습니다. 태자는 홀로 코끼리를 넘어뜨리며 받으시고하여 두 사람의 힘을 한꺼번에 이기시었습니다.

40.

(난다와 조달이) 제 푼수를 저렇게도 몰랐으므로 두 사람이 쏜 화살에 (겨우) 세 북만이 꿰뚫려졌습니다. (태자의) 신력(神力)이 이렇게도 세시므로 한 번 쏘신 살에 스물 여덟 개의 북이 꿰뚫려 졌습니다.

41.

(태자가 쏜) 화살이 땅에 꿰이이니 (그 자리에서) 단술이 솟는 샘이 솟아나와 중생을 구하셨습니다. (태자가 쏜) 화살이 산에 박히니

하늘 위에 탑을 세우고 (이것을) 감추어 길이 뒷세상을 유전(流傳)하
게 하였습니다.

42.

꽃을 놓으시며 흰 털 담요를 놓으시어 (태자와 태자비) 두 분이 한
곳에 앉으시었습니다. (자리에) 꽃 이슬이 젖을까 흰 털 담요에 때가
묻을까 (두려워) 두분이 갈라 앉으시었습니다.

43.

그지 없는 전 세상 겁부터의 부처이시니 죽어가는 것을 보지 않으
신들 어찌 (그 이치를) 모르겠습니까? 정거천의 조병이 죽은 벌레가
되니 (이것을) 보시고서야 알은 듯 하시었습니다.

44.

(태자가) 동문과 남문 밖에서 노시다가 늙은 사람과 병든 사람을
보시고 (출가할) 마음을 내시었습니다.
(태자가) 서문과 북문 밖에서 노시다가 죽은 사람과 배구승을 보시
고 (출가하시려고 마음이) 더욱 바빠하시었습니다.

45.

(태자가) 아버님께 네 가지 원(願)을 청하시어 집을 나가려 하시었
습니다. (정반왕이) 태자의 손을 잡으시고 두 눈에 눈물을 지으시며
성문을 잡고 막으시었습니다.

46.

(태자가) 효도하실 마음에 뒷날을 헤아리시어 (후사를 낳게 하려
고) 구이의 배를 가리키시었습니다. (구이의) 가련하신 마음에 (태자
가) 나가실까 두려워하시어 태자의 곁에 앉으시었습니다.

47.

(태자의) 아버님이 생각하시어 아름다운 계집들과 노래 소리로 (출가하려는) 선심을 막으시었습니다. 정거천이 신력으로 더러운 계집들과 더러운 노래 소리로 (바꾸어 태자의 속세에 대한) 욕심을 막으시었습니다.

48.

칠보로 꾸민 대궐에서 많은 아들을 두고 천하를 다스리는 것이 아버님(淨飯王)의 뜻이었습니다. 정각을 이루어 대천세계를 밝히는 것이 아드님의 뜻이었습니다.

49.

계집이 (태자를) 유혹하려고 얼굴을 곱게 꾸미어 들어와 말리 나무 장식을 (태자의) 몸에 매었으나 태자의 덕이 굳으시므로 눈을 똑바로 보시니 (계집이) 말리나무 장식을 도로 내버렸습니다.

50.

(태자가) 출가하려 하시니 하늘에 광명이 뻗으시어 여러 천신이 내려왔습니다. (태자의) 출가하실 때가 되었으므로 성 안 사람을 재우려고 오소만이 또 내려왔습니다.

51.

분과 연지와 불꽃으로 꾸민 계집이 세간의 풍류(風流)를 (태자께) 들려주었습니다. 보병과 화주와 불성이 비칠 날 (태자가 출가하는 날)에 하늘의 풍류가 어떠하였습니까?

52.

(태자를 모시는) 종과 말이 얼마인 줄 알리오마는 (그 중에서) 어느 누구를 데리고 가시려냐? (사내종) 차익이와 (말) 건특이는 (태자

와) 한 날에 난 까닭에 이 둘만을 데리고 가시었습니다.

53.

(태자께서) 지난 그지없는 겁(劫)에서부터 수행(修行)이 익으시므로 (부처의 도를) 이루지 못할까 하는 의심이 없으시었으나, 미래의 여러 중생들을 (위하여) 정진을 보이시므로 (성불하기 전에는) 아니 오겠노라 맹세하시었습니다.

54.

(태자가 출가하려 할 때) 시방세계(十方世界)가 밝고 (태자께서) 큰 소리로 말씀하시어 성을 넘고 산을 향하시었습니다. 사천왕(四天王)이 (태자를) 모시고 (태자가 탄) 말발을 여러 하늘이 받들어 허공을 타시어 산에 이르시었습니다.

55.

(태자가) 설산(雪山)의 고행림(苦行林)에서 머리를 깎으시고 번뇌(煩惱)를 쓸어 버리려 하시었습니다. (태자가 쓰던) 보관과 형락을 차익에게 주시며 정각(正覺)을 이루어 돌아가려 하시었습니다.

56.

(태자비) 야수(耶輸)가 우시건만 고행림(苦行林)의 제석(帝釋)[1]은 뜻이 달라 태자의 (깎은) 머리를 탑 속에 감추었습니다. (태자의) 아버님이 서러워하신들 정거천은 뜻이 달라 태자의 몸에 가사(袈裟)[2]를 입히시었습니다.

---

1) 수비산 꼭대기 도리천의 임금.
2) 승려가 입은 법의.

57.

(태자가 쓰던) 보관이 오니 아버님이 보시고 땅에 넘어져 우시었습니다. (태자가 타던) 건특이가 오니 태자비가 보시고 고개를 안아 우시었습니다.

58.

(태자가) 하란과 가란에게서 불용처정(不用處定)[1]을 3년 동안 익히시었습니다. (다음에는) 울두람불에서 비상비비상처정(非相非非相處定)을 3년동안 또 익히시었습니다.

59.

(태자비) 야수가 전 세상에서 육리를 (가도록 돕지 않고) 떨어지게 하였으므로 (밴 아이를) 육년 동안을 못 낳으셨습니다. (태자의 아들) 나운이 전 세상에서 육 일을 잊으셨으므로 육 년 동안을 (어머니 뱃속에서) 나오지 못 하시었습니다.

60.

나운이 출생하니 (태를 묻을) 구덩이를 파고 불을 피우니 임금과 신하가 의심하였습니다. 야수가 (의심을 받으므로 나운을 안고 물속으로) 들어가시니 물이 괴고 연꽃이 피니 임금과 신하가 의심을 하시지 아니하였습니다.

61.

(태자가) 가사산의 고행에 육 년동안 앉아 (도를 닦으시니) 머리 위에 까치가 새끼를 치시었습니다. 교동여가 전한 소식에 세 분이 슬퍼하시어 수레 위에 재물을 실어 보내시었습니다.

---

1) 12문선 중 4선으로 무색사처(無色四處)의 제3처인 무소유처에 나가기 위한 선정(禪定).

62.

잡초와 나무를 꺾어다가 (태자의) 얼굴을 거역한들 마음이야 움직이겠습니까? (태자가 하루에) 한 톨의 쌀을 잡수시어 살이 여위신들 금빛이야 변하시겠습니까?

63.

(태자가) 니연수(尼漣水)에 목욕하시고 (밖으로) 나가려고 생각 하시니 큰 나무가 가지를 (스스로) 굽히시었습니다. (태자가) 보리수에 가려하시어 잡수실 것을 생각하시니 장자의 딸이 죽을 바치시었습니다.

64.

(태자가) 가지를 잡으시어 언덕으로 나오시거늘 도솔천이 (태자께) 가사를 입히시었습니다. (태자께서) 죽을 잡수시고 바리를 던지시니 제석이 (그 바리를) 탑 속에 감추었습니다.

65.

금강화를 꾸미고 사자좌를 세워 팔만 부처가 앉아서 제각기 (성불함을) 보이시었습니다. 눈 먼 용이 눈을 뜨고 (잠자던) 가다룡이 (부처를) 보아 네 부처의 공양을 이어서 하였습니다.

66.

빌발라나무에 (태자가) 혼자 가실 때에 공덕이 중하시어 땅이 진동하였습니다. 길상(吉祥)을 상뜻하는 띠풀을 손으로 깔으실 때에 공덕이 중하시어 땅이 또 진동하였습니다.

67.

(태자가) 정각(正覺)을 이루실 것이므로 마왕궁(魔王宮)에 빛을 비추어 (魔王) 좌수이를 항복하게 하리라 (하시었습니다). 파순이가 꿈

을 꾸고 신하들과 의논하여 구담을 항복하게 하리라 (하였습니다).

68.

(마왕이) 세 딸을 보내어 (태자께) 여러 말을 아뢰며 감로(甘露)를 권하였습니다. (마왕)이 군사를 모아 백 가지 모양이 되어 청정(淸淨)한 물병을 흔들려고 하였습니다.

69.

(태자가) 백호(白毫)로 겨누어 보시니 계집들이 더러운 아랫도리를 가린 것이 없게 되었습니다. (태자가) 조금도 움직이지 아니하시니 귀병(鬼兵)들의 모진 병기가 (태자께) 나아가 대들지 못하게 되었습니다.

70.

(태자를 방해하려던) 계집은 배에는 큰 벌레가 뼈 속에는 작은 벌레가 아랫도리에는 엉긴 벌레이었습니다. 계집은 또 (몸) 가운데는 개가, 어깨에는 뱀과 여우가, 앞뒤에는 아이와 할미이었습니다.

71.

마왕이 성낸들 도리가 허망하므로 귀군(鬼軍)이 (태자의) 정병(淨瓶)을 흔들지를 못하였습니다. 세존이 자비심으로 삼매(三昧)에 들으시니 수없는 (병기의) 날이 연꽃이 되었습니다.

72.

(육천 필부)의 귀병(鬼兵)들이 파순의 말을 들어 (태자에게) 와서 모진 뜻을 이루려 하였습니다. 수없는 천자와 천녀가 부처의 광명을 보아 좋은 마음을 내키게 하였습니다.

73.

(마왕이) 보관을 벗어서 겨누어 지옥의 병기를 모아 구담이를 꼭 잡으라고 하였습니다. (태자가) 백호(白毫)를 들어서 겨누어 지옥이 물이 되어 (갇혀 있던) 죄인들이 모두 인간 세상에 나왔습니다.

74.

마왕이 말이 많아 부처께 나아가 대드니 오랜 날이 지낸들 미혹(迷惑)한 마음을 어찌 풀겠습니까? 부처의 슬기로 마왕이 엎드리니 이월 여드렛날에 (바로) 정각을 이루시었습니다.

75.

우파국다존자가 묘법을 펴니 마왕이 방해하려고 침범하였습니다. 대자대비하신 세존께 버릇이 없었던 일을 마왕이 뉘우쳤습니다.

76.

큰 용을 만들어 세존의 몸에 감거늘 자비심으로 말을 하시지 아니하였습니다. 꽃다발을 만들어 세존의 머리에 얹거늘 신통한 힘으로 목을 굳게 졸라매었습니다.

77.

바리를 깨뜨리는 소가 허망하건마는 자비심으로 꾸짖음을 모르시었습니다. 수풀에서 나오는 부처가 허망하건마는 공경심으로 기약을 잊었습니다.

78.

꾸짖음을 모르시어도 세존의 덕을 입어서 죄를 벗어 지옥에서 갈아 나왔습니다. 기약을 잊어도 존자의 말에 항복하여 절하고 하늘에 돌아갔습니다.

79.

(태자가) 입정하여 빛을 내시어 삼명(三明)은 얻으시며 육용이 또 구비되시었습니다. 명성이 비치거늘 십팔불공법을 얻으시며 심신력을 또 실으시었습니다.

80.

(태자가) 온 세상의 일을 하시어 알음이 훤하시어 땅이 진동하였습니다. (태자가) 슬기가 밝으시어 두려움이 없으시며 하늘의 복이 저절로 울었습니다.

81.

팔부[1]가 (태자를) 둘러서며 정거천이 기뻐하며 상서의 구름과 꽃비도 내리었습니다. 모든 하늘이 모두 오며 오통을 갖춘 선인들이 기뻐하며 하늘의 풍류와 감도도 내리었습니다.

82.

부처의 증명을 탄왕이 물으니 견우지신이 솟아나와 (석가의 전 세상 공덕을) 말하였습니다. 부처의 소식을 지신이 말하니 공신(空神) 천신(天神)이 또 위에 알리었습니다.

83.

전 세상에 수행이 깊으신 문수보살과 보현보살들이 달님께 구름이 모이듯이 (모이어 법을) 들으시었습니다. 온 세상에 묘법을 펴리라 하여 원만보신노사나 부처가 (되어) 화엄경을 돈교로 말씀하시었습니다.

---

1) 사천왕에 딸려 있는 여덟 종류의 귀신.

84.

(중생들이 부처의) 대법을 몰라서 들으므로 열반하려 하시니 모든 하늘이 (설법을) 청하였습니다. (중생에게 좋은) 방편으로 알게 하시어 삼승의 묘법을 말씀하실 것이므로 모든 부처가 찬탄하시었습니다.

85.

(태자가) 도를 이룬 뒤 열 나흘만에 타화자재천(他化自在天)[1]에 가시어 십지경을 말씀하시었습니다. (태자가) 도를 이룬 뒤 사십구에 차리니가에 가시어 가부좌를 (하고) 앉으시었습니다.

86.

장사들이 (석존이 계신 수풀에 이르러)길을 가지 못하여 천신께 빌었습니다. 수풀의 신령이 길에 나와 보이어 세존을 알게 하였습니다.

87.

(세존에게 바치는) 세 가지의 공양이 그릇이 없으므로 전 세상의 부처를 생각하였습니다. 칠보로 만든 바리에 공양을 담는 것이 사천왕의 청이었습니다.

88.

옛날에 (하늘의 부처들이) 바리를 얻어서 비로자나의 말대로 오늘 일을 기다렸습니다. 오늘날에 뜻을 이루지 못하여 비사문왕의 말로 옛날의 원을 이루었습니다.

89.

세존의 자비심에 하나만을 받으면 네 (사람의) 마음이 고르지 못할 것입니다. 세존의 신통력으로 한데 누르시니 제 바리가 붙어 합해졌습

---

1) 욕계천(欲界天)의 임금인 마왕이 있는 곳.

니다.

90.

(세존이 두 상인의) 뜻을 옳게 여기시어 불법승을 말씀하시고 게(偈)를 지어 또 말씀하시었습니다. (세존이 두 상인의) 말을 옳게 여기시어 머리털을 깍아 주시고 손톱을 또 깍아 주시었습니다.

91.

그지없는 전 세상에 (세존께서) 연등여래를 보고 보제심으로 출가하였습니다. (세존의) 한낱 머리터럭을 모든 하늘이 얻어서 십억이나 되는 하늘에 공양하시었습니다.

92.

탐욕심이 계시건마는 한 개의 터럭만을 공약하고 공덕함에 열반을 얻었습니다. (그런데 지금은) 삼막삼불타이시거니 하나의 터럭 하나의 손톱인들 공양하고 공덕함이 어찌 끝이 있으리까?

93.

착한 녹왕이므로 목숨을 버리려 하시어 범마달을 가르치시었습니다. 인욕선인(忍辱仙人)이시므로 손발을 베나 오히려 그 과리를 구하려 하시었습니다.

94.

전 세상의 인연이시므로 법을 전하시되 녹야원에서 가장 먼저 말씀하시었습니다. 전 세상에서의 말씀하시므로 중생을 제도하시되 교진여를 가장 먼저 구하시었습니다.

95.

사천 리를 (다스리는) 검은 용이 도사가 되어 삼귀의(三歸依)[1]를 보았습니다. 팔만이나 되는 많은 하늘 부처가 (세존의) 사성제(四聖諦)를 듣고 법복을 얻었습니다.

96.

불보를 넓히시며 법보를 넓히시며 승보를 또 넓히시었습니다. 지신이 찬탄하며 공천이 찬탄하며 천룡팔부가 또 찬탄하였습니다.

97.

(세존이) 노사야의 몸이 보이시어 보배로 만든 옷을 입으시어 (여러 보살에게 베푸시는) 돈교를 누가 알아듣겠습니까? 일장육척이나 되는 몸이 보이시어 헌옷을 입으시어 (중생에게 이르시는) 점교는 (중생이) 다 알아 들었습니다.

98.

마게타의 병사가 세존께 여쭈되 도를 이루시어 나를 구하여 주소서 하였습니다. 가섭울비라가 온 나라 사람들을 보이려고 집을 지어 용을 기르셨습니다.

99.

나무가 높아도 뿌리를 베면 열매를 모두 따서 먹을 수 있습니다. 술법이 높다고 한들 (그 사람들이 믿는) 용을 항복하게 하면 외도인 따르지 않을 수 있겠습니까?

100.

가섭울비라가 세존에게 안부를 묻고 진지를 잡수소서 청하니(석존

---

1) 부처에 귀의하고, 불법에 귀의하고, 불승에 귀의함을 말한다.

께서) 자리를 빌리라 하시었습니다. (세존에게) 방을 바치지 아니하여 예법으로 막으니 (세존께서) 용당(龍堂)을 빌리라 하시었습니다.

101.

용이 불을 토하며 나쁜 일을 하므로 용당을 (빌리는 것을) 말리었습니다. (세존께서는) 욕화(欲火)를 이미 끄시어 해할 것이 없으므로 용당에 들어가시었습니다.

102.

(용이) 독기를 내었으나 (세존의 신통력으로) 꽃이 되거늘 모진 용이 성을 더하였습니다. (용이 뿜어 낸) 불이 도로 떨어지고 찬바람이 부니 모진 용이 성을 그치었습니다.

103.

(모진 용이) 바리 안에 드니 (세존이 타 죽었다고) 눈물을 떨어뜨리는 그것이 어리석지 아니합니까? (마침내) 광명을 보고 (세존이) 죽으려고 (하였다) 하니 그것이 가련하지 아니합니까

104.

(세존이) 불파제와 영부제와 구야니와 울단월에 다녀오시어 (가져온 과일을) 가섭에게 보이시었습니다. 염벽과 하례륵과 하마륵과 자연경미를 가져오시어 가섭을 먹이시었습니다.

105.

(세존께서) 양치질을 하려 하시니 옛적에 없던 못을 제석천[1]이 이루어 내었습니다. (세존께서) 옷을 빨고저 하시니 옛적에 없던 돌을 제석천이 옮겨 왔습니다.

---

1) 도리천의 임금.

106.

(가섭이 세존에게서) 사천왕천과 제석범천의 광명이란 것을 듣고서야 사실을 알았습니다. 켜는 불과 끄는 불이며 멘 도끼를 (세존께) 빌어야만 뜻을 이루었습니다.

107.

(세존께서) 못에 들어가시니 큰 나무가 굽거늘 가지를 잡아 (밖으로) 나오시었습니다. 강물에 들어가시니 물결이 갈라지거늘 (그 강 바닥의) 티끌에서 솟아나오시었습니다.

108.

(가섭이가) 법회 동안 (세존이) 나타나지 않기를 바라는 마음을 가지니 (세존께서) 이레동안을 숨어 있었습니다. (법회가 끝난 뒤 가섭이 세존을) 공양하려고 좋은 마음을 내니 (세존께서) 즉시에 나와 오시었습니다.

109.

(세존은) 몇 천 몇 백 억의 변화이시어 (세존의) 정도가 높으신 줄을 (가섭은) 전부터 마음에 알고 있었으나, (체면 때문에 버티다가) 제 도리를 부끄러워하여 일천 명의 외도인(外道人) 범지를 데리고 이 날에야 머리를 조아렸습니다.

110.

(세존의) 몸이 없어지시어 오방(五方)[1]에 보이시거늘 일천 명의 비구가 우러러 보았습니다. (세존의) 몸이 (다시) 돌아오시어 삼시현(三示現)[2]을 말씀하시니 일천 명의 비구가 나한이 되었습니다.

---

1) 동, 서, 남, 북, 중앙.
2) 여러 가지 몸으로 나타나는 일.

111.

죽원(竹園)에 병사(甁沙)가 들어와 자신의 몸에 욕심이 없으니 세존이 알아 오시었습니다. 죽원에 부처가 들어가시어 중생의 욕심이 없는 것을 (세존이) 하난이에게 말씀하시었습니다.

112.

마승이 사리불을 보아 (그에게) 한 게(偈)를 일러 들리어 자기의 스승을 곧 잊게 하였습니다. 목련이 사리불을 보아 (그가 외는) 한 게를 알아들어 새 스승께 곧 모여 왔습니다.

113.

아드님이 성불하시니 아버님이 그리시어 외도인 우타야에게 그 소식을 알리라 부리시었습니다. 아드님이 성불하시어 (나라에 돌아가) 아버님을 뵈오리라 하여 나한 우타야를 되돌려 보내시었습니다.

114.

(세존께서) 아버님의 기별을 보시어 첫 맹세를 이루리라 하여 우타야에게 (빨리) 날아가라 명령하시었습니다. (정반왕께서) 아드님의 대답을 들으시어 첫 맹세를 이룰 것을 알으시어 우타야에게 울며 말씀하시었습니다.

115.

끝없는 지난날에 고행하시어 이제야 (정각을) 이루신 것을 우타야가 정반왕께 여쭈었습니다. 열두 해를 그리워하다가 오늘에야 (정각하였다고) 들으신 것을 아버님이 말씀하시었습니다.

116.

(세존이) 젊었을 때 일을 말씀하시니 우타야가 듣고 아드님(세존)이 들으시었습니다. (세존이) 오늘날 일을 모르시므로 우타야가 말씀

드리고 아드님(세존)이 또 (정반왕께) 말씀하시었습니다.

117.

집을 꾸미게 하시는데 칠보로 꾸미시며 수놓은 비단 요를 펴고 앉으시더니 나무 아래 앉으시어 여러 하늘 부처가 오며 보상(寶床)과 가사(袈裟)를 천룡이 바치었습니다.

118.

좋은 음식과 잘 차린 반찬만을 맛있게 잡수시며 잠을 주무실 때에는 풍류가 어울리었습니다. 바리를 가지고 걸식하시어 중생을 원하시며 삼매(三昧)로 드는 선정(禪定)에 제석이나 범천이 보이었습니다.

119.

(궁중에서는) 코끼리가 메는 보배로 꾸민 수레를 탔는데 (이제) 신발을 벗어 (버렸으니) 어찌 (발이) 아프지 아니하리오? (하고 정반왕이 물으시니) 다섯가지 신통력으로 메인 발수레는 막을 길이 없고 (그러나) 코끼리가 끄는 수레는 (길이) 험하면 가지 못합니다 (하고 대답하였습니다).

120.

옷을 꾸미시되 칠보로 꾸미시고 고우시고 위용이 당당하십니다. 머리를 깎으시고 누비옷을 입으시어 부끄러움이 어찌 없으신가?

121.

마음일랑 아니 닦고 옷으로 꾸미는 것을, 이런 것만을 부끄러워 하였습니다. 아무리 칠보로 꾸며도 그것을 좋다고 하겠습니까? 불법에의 옷이야말로 진보의 옷입니다.

122.

금과 은으로 만든 그릇에 담은 여러가지 음식이더니 빌은 밥을 어찌 잡수시는가? 밥이 맛이 되어서 (좋은) 음식의 맛을 잊으니 중생을 구하리라 하여 밥을 빌어다 먹습니다.

123.

삼시전을 꾸미고 아름다운 아가씨가 따르더니 깊은 골 깊은 산에서 얼마나 두려워하시는가? 죽음과 삶을 덜어 시름이 없거니 두려운 뜻이 어찌 있겠습니까?

124.

(태자가 옛날에는) 향수에 목욕하시더니 초목 가운데 계시어 무슨 물로 때를 씻으시는가? 정도가 못이 되어 그 물에 목욕하므로 삼독이 없어서 쾌락이 가이 없습니다.

125.

자식을 사랑하시어 (부처가) 정법을 모르시므로 세간의 티끌같은 일을 비교하여 말씀하시었습니다. 삼계를 구하려 하시어 육신을 이루신 것을 세간의 티끌 같은 일을 무엇만큼 여기시겠습니까?

126.

조달이 성질이 악하므로 (세존께서) 허공에 걸어다녀 보이시어 다른 사람을 구하려 하시었습니다. (조달이) 부처의 걸음을 본들 본디의 성질이 모질어 조달 자신도 같이 술법을 배우려 하였습니다.

127.

천룡(天龍)이 (세존을) 따르며 꽃향기가 내리니 그날의 장엄함을 (어찌) 모두 말씀하리까? 마른 나무에 열매가 열며 말라붙은 내에 샘이 솟으니 그날의 상서를 (어찌) 모두 말씀하리까?

128.

(정반왕께서) 아드님을 반가이 보시어 은혜와 사랑이 계시기 때문에 공경하는 마음이 온전하시지 못하시었습니다. (세존께서) 아버님을 제도하리라 하시어 변화를 보이시니 (아버님도 부처의) 그지없는 도리에 보리를 얻고 구하고자 하시는 마음이 생기시었습니다.

129.

(정반왕께서) 부처의 말씀을 들어서 아버님의 명령으로 계집들까지도 (출가하여) 법안(法眼)을 얻었습니다. 범지(梵志)의 모양을 보시어 아버님의 명령으로 종친들도 사문(沙門)이 되었습니다.

130.

조달이 고깔을 벗고 오역의 마음을 이기지 못하여 아비지옥에 들어갔습니다. 화리는 (타고 있던) 코끼리가 걷지 못하고 사리불을 속이고 희롱하여 (그 죄로) 연화지옥에 들어갔습니다.

131.

조달이에 대한 위로를 (위하여) 목련이 가니 (조달이 지옥살이에) 피곤함이 없다 하였습니다. (세존께서) 조달의 안부를 묻게 하시니 (조달이) 삼선천에 즐거움과 같다고 하였습니다.

132.

나가고 싶으냐? (세존이) 아난이를 (조달에게) 보내신즉 (세존이) 오시어야만 내가 나가겠습니다(라고 대답하였습니다). 어찌 오실까? (라고) 아난이 대답하여 오시지 않으시면 나는 있으리라(하였습니다).

133.

남을 위한 마음은 만복이 모이나니 기파조의 좋은 일을 여쭈리라.

표독하게 먹은 마음은 한개의 복도 없으니 기파조의 모진 일을 여쭈리라.

134.

몸이 어울리고도 머리가 제각기이므로 마음 먹음도 제각기 다릅니다. 머리가 둘이라도 몸이 하나이므로 배부름도 한가지입니다.

135.

한 머리가 자니 (다른) 한 머리가 어울리어 있어, 좋은 꽃을 먹어 남을 위하였습니다. 두 머리가 어울리어 있어, 한 머리를 자라고 하여 (독 있는) 모진 꽃을 먹고 저도 죽었습니다.

136.

좋은 꽃을 먹은 머리는 이름이 가두다이더니 (다음 세상의) 세존의 몸이 이 넋입니다. 모진 꽃을 먹은 머리는 우파가루다이더니 (다음 세상의) 조달의 몸이 저 넋입니다.

137.

많은 종친들의 앞에 (세존께서) 연꽃에 앉아 (계시니 아들 나운이 세존께로 가) 보이시므로 나라 사람의 의심이 이미 없어졌거니와 많은 부처 가운데에서 (아들 나운이) 아버님을 알아보시므로 나라 사람의 의심이 더욱 없어졌습니다.

138.

(세존께서) 목련이를 보내시어 야수께 기별하시어 나운이를 반드시 보내라 (하시었습니다). 목련이 오는 줄을 야수가 들으셨으므로 나운이를 깊이 감추었습니다.

139.

목련의 신통한 힘이 (야수를 찾아) 눈 앞에 뵈옵고 길이길이 영원한 쾌락을 (누리는 길은 출가시키는 일이라고) 말씀드려도 야수의 (자식 사랑하는) 자비심에 먼 (앞날을) 생각하심이 없으시므로 평생의 서러운 뜻을 말씀하시었습니다.

140.

(태자의) 아내가 되어 (태자를) 하늘같이 섬기더니 삼 년이 못차서 (태자께서) 속된 세상을 버리시었습니다. (태자께서) 차익을 돌려보내시어 맹서로 말씀하시되 도리를 이루어 돌아오려 (한다고) 하시었습니다.

141.

(태자께서) 사슴 가죽옷을 입으시어 산골에서 수행하시어 육년만에 돌아오시고 (태자께서) 은혜를 잊으시어 친근히 아니하시어 길 가는 사람을 보듯이 하시었습니다.

142.

부모를 여의고 남을 의지하여 (살고) 있되 어미와 아들이 혼미하게 살고 있습니다. (이런 처지로) 인생을 즐기겠습니까? 죽음만을 기다리고 있으니 목숨이 중하여 손수 죽지 못하고 있습니다.

143.

서럽고 원통한 뜻이여! 누구를 비교하여 말하리까? (나는) 사람이라도 짐승만도 못합니다. 사는 것이 이러한데 (또) 아들을 이별 하여야 하겠습니까? 아내가 된 서러움이 이러함이여!

144.

서러운 일 중에서도 이별이 심하니 어미와 자식의 이별이 어떠한가? (태자께서) 도리를 이루시어 자비를 펴신다 하시니 이런 일이 자비의 어느 것에 속하는 것인가?

145.

정반왕의 말씀을 대애도가 야수부인께 여쭈니 (정반왕의 뜻을) 오히려 모르시어 구태여 (나운을 곁에) 놓아 두었습니다. 세존의 말씀을 화인이 (야수께) 여쭈니 즉시 (전 세상 일을) 아시고 눈물로 (나운을) 이별하시었습니다.

146.

(정반왕께서) 야수를 기쁘게 하리라 하여 쉰 명의 아이들을 출가하게 하니 선심이 어떠하십니까? 나운이 덤비시니 (세존께서) 다시 설법하시니 세존의 자비심이 어떠하십니까?

147.

(하늘이) 가섭의 좋은 뜻을 알아, 허공에서 (하는) 말이 들리니 (가섭이 듣고) 죽원길을 즉시에 향하였습니다. (세존께서) 가섭이 올 줄을 아시어 부처께서 나와 보시니 (가섭이) 나한계를 즉일에 얻었습니다.

148.

사위국의 수달이 파나문을 부리어 미혼 아들의 아내를 구하였습니다. 왕사성의 호미가 파나문을 알고 미혼의 딸이 포시(布施)하게 하였습니다.

149.

파라문의 말을 호미가 듣고 기뻐하여 수달의 아들에게 딸을 시집보내려 하였습니다. 파나문의 소식을 수달이 보고 기뻐하여 호미의 딸에게 아들을 장가들이러 갔습니다.

150.

이바지를 (만든다는 말을) 듣고 그 뜻을 물으니 부처의 공덕을 호미가 매우 (자상하게) 말하였습니다. (수달이) 제단을 보다가 제눈이 어두워 (돌아서려 하니) 부처의 공경을 (수달의 죽은) 벗이 다시 알리었습니다.

151.

수달이 예의를 몰라 한 번도(부처를) 감돌지 않으니 정거천이 (수달을) 가르치려 하였습니다. 정거천이 (부처 대하는) 예를 알아 세 번을 감도니 수달이 (이것을) 보아 배웠습니다.

152.

(수달이 세존을) 정성으로 뵈오므로 (세존께서) 사제를 일러 주시거니 수타환을 곧 이루었습니다. (수달이) 정성으로 청하고 정사를 지으려 하니 (세존께서) 사리불을 곧 보내시었습니다.

153.

사리불에게 물어 두 노정마다 정사를 셋씩 지었습니다. 기타에게 청하여 팔십경의 동산에 황금을 모두 깔려 하였습니다.

154.

(태자) 기타가 관청에 송사하니 정거천의 말을 듣고 동산을 마지 못하여 내어 팔았습니다. 기타가 값을 받더니 수달의 (부처 섬기는) 뜻을 알고 나무는 일부러 팔지 아니 하였습니다.

155.

(외도인) 육사가 임금께 말씀드리어 사리불을 업신여겨 새 집짓기를 못하게 하려 합니다. 수달이 임금께서 (그 말을) 들어 사리불을 믿지 못하니 낡은 옷을 입고 매우 걱정을 하였습니다.

156.

염부제에 가득한 외도인이 하나의 터럭도 흔들지 못한 것을 수달이 목욕을 감고 나왔습니다. (수달이) 내 집에 와 있는 (사문) 이 육사(六師)와 겨룰 것을 임금께 알리니 (임금이) 북을 쳐서 (온 국민을) 모았습니다.

157.

(이 쪽은) 사리불 한 사람이 나무밑에 앉아 선정(禪定)에 들어 고요합니다. 외도인은 삼억만(三億萬)이 왕의 앞에 들어와 말이 많아서 떠버렸습니다.

158.

노도차가 엷은 뜻이라 한 나무를 만드니 꽃잎이 피어 모든 사람을 다 덮었습니다. 사리불은 신력인지라 선람풍이 부니 뿌리를 빼내어 땅에 다가 모두 부숴뜨리었습니다.

159.

(노도차가) 하나의 못을 만들어 내니 모두 칠보이고 그 가운데 여러 가지 꽃이 피었습니다. 여섯 어금니가 있는 흰 코끼리가 나오니 어금니마다 꽃과 옥녀이고 (이 코끼리가) 물을 다 마시어 그 못이 사라졌습니다.

160.

(노도차가) 칠보로 된 산을 만들어 내니 물과 나무가 있으며 꽃과 열매가 모두 갖추어져 있었습니다. (사리불의 신력으로) 금강역사가 나오니 금강저로 멀리에서 겨누니 (칠보산이) 곧 무너졌습니다.

161.

머리를 열 가진 용을 만들어 내니 여러 가지 보배스런 비가 와 천둥과 번개를 치니 사람이 놀랐습니다. 금시조가 나오니 그 용을 잡아서 가닥 가닥 찢어서 다 먹어 버리었습니다.

162.

(노도차가) 황소를 만들어 내니 몸이 크고 다리가 크고 두 뿔이 칼같이 날카롭고 소리를 지르고 땅을 후비어 달려들어 오더니 사자가 나와 잡아서 모두 먹었습니다.

163.

노도차의 환술이 점점 글러 가므로 제 몸이 (스스로) 도깨비가 되었습니다. 사리불의 신력이 점점 넉넉하므로 스스로 비사문의 모습을 하게 되었습니다.

164.

(야차가) 머리와 입이 불이며 손톱 발톱이 길며 어금니가 길고 피같은 눈이 무섭지마는, 사방에 불이 일어나 갈 길이 아득하므로 (비사문왕 앞에) 엎드려 살려주소서 하였습니다.

165.

(사리불이) 다니며 머무르며 앉으며 누움을 (지어) 공중에 천 만 가지 변하였습니다. 수타환, 기타함, 아나함, 아라한의 증과(證果)를 당일에 천만 사람이 이루었습니다.

166.

(사리불의) 신력이 넉넉하므로 환술을 이길 뿐 아니라 제도한 중생이 몇 천만이었습니까? (노도차가) 환술이 혼미하게 되므로 (사리불의) 신력에 항복할 뿐 아니라 사문이 되고자 원하는 사람이 몇 천 만이었습니까?

167.

(노도차가 사리불과 맞서는 것은) 버마재비 벌레가 수레바퀴를 거스리는 것과 같은 것을 세상 사람들이 모두 웃었습니다. 노도차와 같은 외도인이 사리불을 겨루던 것을 이내 마음에 더욱 우습습니다.

168.

(수달과 사리불이) 마주 줄을 잡아 정사 터를 재고 여섯 하늘에 집을 지었습니다. (사리불이) 혼자 웃음을 웃어 정사의 공덕을 이르고 중천(中天)에 집을 두게 하였습니다.

169.

(지난) 아흔 한 겁을 전부터 이 장자가 발심(發心)이 넓어 어느 겁엔들 공덕이 적겠습니까? (수달이) 일곱 부처를 위하여 이 땅에 정사를 지어 어느 부처낸들 공덕이 덜하겠습니까?

170.

개미의 생애가 오래고 몸 닦기를 모르는 것을 사리불이 슬프게 여기었습니다. 개미의 생애를 (수달에게) 보이고 몸을 닦기를 권하거늘 수달이도 슬프게 여기었습니다.

171.

천개의 별실과 백개의 종신을 (지어) 장엄함을 다하고 왕사성에 (계신 세존께) 임금의 말로 여쭈었습니다. 중천세계와 대천세계에 광명이 비치시고 (사위국)에 임금의 말로 (인하여) 오시었습니다.

172.

하늘도 움직이며 땅도 움직이더니 세계의 상서를 어찌 다 말하겠습니까? 풍류와 소리도 일어나며 앓던 사람도 좋더니 중생의 이익을 어찌 다 말씀하겠습니까?

173.

수달이 정성이므로 (세존께서) 십 팔억의 중생을 위하시어 문법을 설교하시었습니다. 공주가 정성이므로 (세존께서) 무비신이 되어 (공주에게) 등만경을 설교하시었습니다.

174.

수달이 (세존을) 그리워하니 세존께 말씀드리어 손톱과 머리털을 받아 감추어 두었습니다. 수달이 병을 앓고 있으니 세존께서 가 보시어 하나함을 (얻으리라고) 수기하시었습니다.

175.

(수달의 몸이) 도솔천에 올라가 몸이 천자가 되어 (세존의) 공덕(功德)을 그리어 (세존을) 뵙고자 하였습니다. (도솔천자 수달이) 세존께 내려와 몸에서 광채를 내고 게를 지어 찬탄하였습니다.

176.

칠년을 물리고저 하여 출가를 거스르니 발제의 말이 그 아니 우습습니까? 이레를 물리고저 하여 출가를 이루니 하나률의 말이 그아니 옳겠습니까?

177.

난타를 구하리라 하여 비구를 만드시고 빈 방을 지키라고 하시었습니다. (난타가) 아내가 그리우므로 세존께서 나가신 사이로 옛집에 가리라 생각하였습니다.

178.

(난타가 담은) 병에 있는 물이 넘치며 닫은 문이 열리니 일부러 (세존께서 다니시지 않는) 빈 길을 찾아갔습니다. (도중에) 세존을 만나며 큰 나무가 들리므로 할 수 없이 (세존을) 뵙고 따라왔습니다.

179.

(세존께서 난타의) 아내의 모양을 물으시고 눈이 먼 원숭이를 물으시니 (난타가) 세존의 말씀을 우습게 여기었습니다. (세존께서 난타에게) 도리천을 보이시고 지옥을 보이시니 세존의 말씀을 기쁘게 여기었습니다.

180.

(난타가 세존의 설법을 듣고) 이레가 차지 못하여 나한계를 얻으니 비구들이 찬탄하였습니다. (세존께서) 오늘날뿐 아니라 (전세상) 가시국도 구하신 것을 비구니들더러 말씀하시었습니다.

181.

나건하라국이 독룡과 나찰을 이기지 못하여 물리칠 방책이 거의 없습니다. 불파부제왕이 범지 공신(空神)의 말로 정성어린 향내가 금개가 되었습니다.

182.

유리산 위에 있는 못에 칠보로 늘어선 나무 사이에 은굴의 한 가운데 금상이 이루어져 있습니다. 금상에 가섭이 앉고 오백 제자들이 열두가지의 백타수행을 또 닦게 하였습니다.

183.

천 백 마리의 용이 서리어 앉을 것이 되어 입에 있는 불빛이 칠보상이 되어 있었습니다. 보배로운 휘장과 덮개와 동과 번 아래에 대목건련이 앉아 (마치) 유리 같아서 안팎이 비치었습니다.

184.

설산의 백옥굴에 사리불이 앉고 오백 사미는 칠보굴에 앉았습니다. 사리불의 금빛으로 빛나는 몸이 금빛 빛을 내고 불법을 일러 사미들을 듣게 하였습니다.

185.

연꽃 황금으로 된 대이고 위에는 금 덮게더니 오백 비구를 강전연이 데리고 갔습니다. 대 위에 모여 앉아 몸에서 물이 나되 꽃 사이에 흘러도 땅이 젖지 아니하였습니다.

186.

이들 네 (세존의) 제자들이 오백 비구씩 데리고 이렇게 날아갔습니다. 또 천이백오십 제자가 또 신력을 내어 기러기 떼같이 날아 갔습니다.

187.

(세존께서) 제자들을 보내시고 옷과 바리를 지니시어 하난이를 데리고 가시었습니다. 여러 하늘부처들이 따르니 광명을 넓히시어 모든 부처들이 함께 가시었습니다.

188.

열 여섯 마리의 독룡이 악독한 성을 내어 몸에서 불을 내고 우박을 뿌리었습니다. 다섯 나찰녀가 꼴사나운 모양을 지어 눈에서 불을 내어 번갯불과 같았습니다.

189.

금강신의 금강저에서 불이 나거늘 독룡이 무서워 합니다. 세존의 그림자에 감로를 뿌리므로 독룡이 살아났습니다.

190.

허공에 가득한 금강신이 각각 금강저이니(아무리 독룡이) 모진들 두려워하지 않겠습니까? 허공에 가득한 세존이 각각 빛을 내시니 (아무리 독룡이) 모진들 기뻐하지 않겠습니까?

191.

용왕이 (세존을) 무서워하여 칠보의 평상을 놓고 (앉으시기를 빌며) 부처님이시여 구하여 주소서 하였습니다. 국왕이 (세존을) 공경하여 흰 담요와 진주와 그물을 펴고 부처님이시어 들어오소서 하였습니다.

192.

(세존께서) 발을 드시니 다섯 가지 빛의 광명이 나시어 꽃이 피고 (그 꽃 사이에서) 보살이 나시었습니다. (세존께서) 팔을 드시니 보배의 꽃이 들어 금시조가 되어 용을 두렵게 하였습니다.

193.

칠보의 금대에 칠보의 연꽃이 피니 얼마나 많은 부처가 가부좌를 하시었습니까? 유리굴 가운데 유리좌가 나거늘 얼마나 많은 비구가 화광삼매에 들어갔습니까?

194.

국왕이 (세존의) 변화를 보고 좋은 마음을 내니 신하들도 또 (좋은 마음을) 내었습니다. 용왕이 금강저를 두려워하여 모진 마음을 고치니 나찰도 또 (모진 마음을) 고치었습니다.

감군은(感君恩)

상 진(尙 震)

임금의 성덕과 성은이 그지없음을 찬양하는 내용이다.

사해(四海) 바닷기픠는 닫줄로 자하리어니와
님의 덕택(德澤) 기픠는 어너 줄로 자하리잇고
향복무강(享福無疆)ᄒᆞ샤 만세(萬歲)를 누리쇼셔
향복무강(享福無疆)ᄒᆞ샤 만세(萬歲)를 누리쇼셔
일간명월(一竿明月)이 역군은(亦君恩)이샷다.

태산(泰山)이 놉다컨마ᄅᆞᄂᆞᆫ 하ᄅᆞᆯ해 몬 밋거니와
님의 놉프샨은 은(恩)과 덕(德)과ᄂᆞᆫ 하ᄂᆞᆯ ᄀᆞ티 노프샷다.
향복무강(享福無疆)ᄒᆞ샤 만세(萬歲)를 누리쇼셔
향복무강(享福無疆)ᄒᆞ샤 만세(萬歲)를 누리쇼셔
일간명월(一竿明月)이 역군은(亦君恩)이샷다.

사해(四海) 넙다ᄒᆞᆫ 주즙(舟楫)이면 건너리어니와
님의 너브샨 은택(恩澤)은 차생(此生) 갑소오릿가
향복무강(享福無疆)ᄒᆞ샤 만세(萬歲)를 누리쇼셔
향복무강(享福無疆)ᄒᆞ샤 만세(萬歲)를 누리쇼셔
일간명월(一竿明月)이 역군은(亦君恩)이샷다.

일편단심(一片丹心) 붉은 하놀하 아르쇼셔
백골진분(白骨塵粉)인돌 단심(丹心)이쭌 가서리잇가.
향복무강(享福無疆)호샤 만세(萬歲)롤 누리쇼셔
향복무강(享福無疆)호샤 만세(萬歲)롤 누리쇼셔
일간명월(一竿明月)이 역군은(亦君恩)이샷다.

사해 바다의 깊이는 닻줄로 잴 것이지만
임금님 은혜의 깊이는 어느 줄로 잴 것입니까?
끝없는 복을 누려 만세를 누리소서!
끝없는 복을 누려 만세를 누리소서!
낚시질하며 자연을 즐기는 것도 역시 임금님의 은혜이구나!

태산이 높다건마는 하늘에 못 미치지만
임금님의 높으신 은덕은 하늘같이 높구나.
끝없는 복을 누려 만세를 누리소서!
끝없는 복을 누려 만세를 누리소서!
낚시질하며 자연을 즐기는 것도 역시 임금님의 은혜이구나!

사해 넓은 바다는 노를 저어 건널 수 있지만
임금님의 넓으신 은혜는 이승에서 어찌 다 갚겠습니까?
끝없는 복을 누려 만세를 누리소서!
끝없는 복을 누려 만세를 누리소서!
낚시질하며 자연을 즐기는 것도 역시 임금님의 은혜이구나!

일편단심뿐임을 하늘이여 아소서!
백골이 부서져 가루가 된들 충성심이 변하겠습까?
끝없는 복을 누려 만세를 누리소서!
끝없는 복을 누려 만세를 누리소서!
낚시질하며 자연을 즐기는 것도 역시 임금님의 은혜이구나!

· **상 진**(尙 震, 1493~1564) 조선시대의 문관. 1549(명종 4)년에 영
  의정을 지냈다.

가 사

장진주사(將進酒辭)

정 철(鄭 澈)

최초의 사설시조로 보는 견해도 있다. 술꾼으로 이름 높은 송강의 호탕한 성격이 잘 나타나 있다.

한 잔 먹세그려, 또 한 잔 먹세그려.

꽃 꺾어 셈하고 무진무진(無盡無盡) 먹세그려.

이 몸 죽은 후면 지게 위에 거적 덮어 졸라매어 지고가나.

화려한 상여(喪輿)에 만인(萬人)이 울며가나.

억새, 속새, 떡갈나무, 백양(百樣) 속에 가기만 하면

누른 해, 흰 달, 가는 비, 굵은 눈, 쌀쌀한 바람 불 때

누가 한 잔 먹자 할고.

하물며 무덤 위에 원숭이 휘파람 불 때 뉘우친들 무엇하리.

면앙정가(俛仰亭歌)

송 순(宋 純)

작자가 1524년 그의 고향인 담양에 면앙정(俛仰亭)을 짓고 지내면서 기촌(企村) 제일봉 밑의 면앙정을 중심으로 산수의 아름다움과 정서 등을 146귀로 읊은 것이다. 그 정조(情調)나 표현, 어귀(語句) 등으로 미루어 정철의 가사 작품에 많은 영향을 미쳤음을 알 수 있다.

무등산 한 줄기 산이 동쪽으로 뻗어 있어, 멀리 떨쳐나와 제일봉이 되었거늘, 무변대야(無邊大野)에 무슨 생각 하느라고, 일곱굽이 한데 움치리어 벌여 놓은 듯, 가운데 굽이는 구멍에 든 늙은 용이 선잠을 막 깨어 머리를 얹혔구나.

넓은 바위 위에 송죽(松竹)을 헤치고 정자를 앉혔으니, 구름 탄 청학(靑鶴)이 천 리를 가려고 두 날개를 벌린 듯, 옥천산 용천산 내리는 물이 정자 앞 넓은 들에 끊임없이 퍼진 듯이, 넓거든 길지나, 푸르거든 희지나 말거나. 쌍룡이 뒤트는 듯 긴 비단을 가득 펼쳐 놓은 듯, 어디로 가려고 무슨 일이 바빠서 달리는 듯, 따르는 듯, 밤낮으로 흐르는 듯.

물가의 모래밭은 눈같이 퍼졌는데, 어지러운 기러기는 무엇을 어루려고 앉으락 내리락 모일락 흩어질락 노화(蘆化)를 사이 두고 울면서 서로 좇는고.

넓은 길 밖이요, 긴 하늘 아래 두르고 꽂은 것은 산인가 병풍인가 그림인가 아닌가 높은 듯 낮은 듯 끊는 듯 잇는 듯 숨거니 뵈거니 가거니 머물거니 어지러운 가운데 이름난 양하여 하늘도 두려워 않고 우뚝 선 것이 추월산 머리 삼고, 용구산, 몽선산, 불대산, 어등산, 용 징산, 금성산이 허공에 벌어져 있는데, 멀리 가까이 창애(蒼崖)에 머 문 것이 많기도 하구나. 흰 구름 뿌연 연하(煙霞) 푸른 것은 산람(山 嵐)이다. 천암(千巖)을 제 집을 삼아두고, 나며 들며 아양도 떠는구 나. 오르거니 내리거니 장공(長空)에 떠나거니 광야(廣野)를 건너거 니, 푸르락 붉으락 옅으락 짙으락 사양(斜陽)과 섞이어 가랑비조차 뿌리는 구나.

남여(藍輿)를 재촉해 타고 소나무 아래 굽은 길로 오며 가며 하는 때에, 녹양(綠楊)에 우는 황앵(黃鶯) 교태(嬌態)겨워 하는구나. 나무 사이 우거져 녹음이 엉긴 때에 백척(百尺) 난간에서 긴 졸음을 내어 펴니, 수면(水面) 양풍(凉風)이야 그칠 줄 모르는구나.

된서리 걷힌 후에 산빛이 수놓은 비단이로다. 황운(黃雲)은 또 어 찌 넓은 들에 퍼져 있는고? 고기잡이 피리 소리도 흥에 겨워 달을 따 라 부는 것인가? 초목이 다 진 후에 강산이 묻혔거늘 조물주가 야단 스러워 빙설(氷雪)로 꾸며 내니, 경궁요대와 옥해은산이 눈 아래 펼 쳤구나. 자연도 풍성하구나. 가는 곳마다 아름다운 경치로다.

인간을 떠나와도 내 몸이 겨를 없다. 이것도 보려하고 저것도 들으 려 하고 바람도 쏘이려 하고 달도 맞으려 하니, 밤일랑 언제 줍고 고 길랑 언제 낚고, 시비(柴扉)는 누가 닫으며 진 꽃은 누가 쓸 것인가? 아침 시간 부족한데 저녁이라고 싫을소냐? 오늘도 부족한데 내일이라 고 넉넉하랴? 이 산에 앉아 보고 저 산에 걸어보니 번거로운 마음이 면서도 버릴 것이 전혀 없다. 쉴 사이 없는데 길을 전할 틈이 있으랴. 다만 지팡이만 다 무디어 가는구나.

술이 익었거니 벗이라 없을소냐. 노래를 불리며, 악기를 타이며, 당 기며, 흔들며, 온갖 소리로 취흥을 재촉하니, 근심이라 있으며 시름이 라 붙었으랴. 누으락 앉으락 굽으락 젖히락 읊으락 휘파람하락 마음 놓고 놀거니, 천지도 넓고 넓으며 일월(日月)도 한가하다. 희황(羲皇) 을 모르고 지내니 이 때야말로 그것이로고. 신선이 어떻던가 이 몸이야말로 그것이로고.

　강산풍월(江山風月) 거느리고 백 년(百年)을 다 누리면 악양루 이태백이 살아온다. 호탕(浩蕩) 정회(情懷)야 이보다 더할소냐. 이 몸이 이런 것도 또한 임금의 은혜이시도다.

·송　순(宋　純, 1493~1583)　호는 면앙정(俛仰亭). 만년에 담양(潭陽) 땅에 물러나와 살며 정철·임제·기대승·황진이 등과 어울려 독서와 가곡으로 유유자적의 생활을 보냈다. 강호가도(江湖歌道)의 선구자이며 시조 문학의 정수를 계승한 많은 작품을 남겼다.

성산별곡(星山別曲)

정 철(鄭 澈)

　　이 작품은 송강이 16세 때부터 27세에 등과(登科)할 때까지 10년간 낙향해 있던 곳인 성산(星山)이란 지명을 제목으로 하여 쓴 작품이다. 성산은 현재 전남 담양군(潭陽郡) 남면(南面) 지곡리(芝谷里)에 해당한다. '성산별곡(星山別曲)'은 성산의 임천(林泉) 사이를 소요하던 생활과 특히 김성원을 경모하여 쓴 작품이다. 저작 연대는 송강의 나이 25세 되던 해인 1560(명종 15)년이다.

어떤 지날 손이 성산(星山)에 머물면서
누하당(樓霞堂) 식영정(息影亭)의 주인은 내 말 듣소.
인간 세상에 좋은 일 많건마는
어찌 한 강산을 그처럼 낫겨 여겨
적막한 산중에 들고 아니 나시는고.
솔뿌리를 다시 쓸고 대자리를 살펴 보아
잠깐 동안 올라 앉아 주위 다시 보니
하늘가에 떴는 구름 서석대(瑞石臺)를 집을 삼아
나가는 듯 드는 모습 주인과 어떠한고.
푸른 시내 흰 물결이 정자(亭子) 앞을 둘렀으니
천손(天孫)의 비단폭을 그 뉘가 베어 내어
이렇게 펼쳐 놓은 듯 야단스런 경치(景致)로다.
산중(山中)에 달력 없어 계절(季節)을 모르더니

눈앞의 풍경(風景)이 사철 따라 전개(展開)되니
듣고 보는 일이 모두 다 선계(仙界)로다.
매창(梅窓) 아침볕에 향기(香氣)에 잠을 깨니
산늙은이 할일이 곧 없지도 아니하다.
울타리 밑 양지쪽에 오이씨를 뿌려 두고
김매거니 북돋우거니 비온 김에 가꿔 내니
청문(靑門)의 옛날 일이 지금도 있다 할다.
짚신을 죄어 신고 대지팡이 흩어 짚으니
도화(挑花) 핀 시냇길이 방초주(房草洲)에 연(連)했도다.
맑게 닦은 거울 속에 절로 그린 돌병풍
그림자를 벗삼고 서하(西河)로 함께 가니
무릉도원(武陵桃源) 어디냐 여기가 거기로다.
남풍(南風)이 건듯 불어 녹음(綠陰)을 헤쳐 내니
철 아는 꾀꼬리는 어디에 왔었던가.
태평성대(太平聖代) 베개 높여 풋잠을 얼풋 깨니
공공에 젖은 난간 물 위에 떠 있구나.
삼베옷을 걷어 차고 칡두건을 기우 쓰고
허리를 꾸부리며 보는 것이 고기로다.
하룻밤 빗기운에 홍련(紅蓮) 백련(白蓮) 섞어 피니
바람끼 없어서 모든 산이 향기로다.
주렴계(周濂溪)를 마주 보아 태극설(太極說)을 묻잡는 듯
태을 진선(太乙眞仙)이 구슬옥자(玉子) 헤쳐 놓은 듯
노자암을 건너 보며 자미탄(紫微灘)을 곁에 두고
큰 소나무 차일 삼아 돌바닥길 앉았으니
인간(人間)의 유월(六月)달이 여기서는 가을이라.
맑은 강(江)에 떴는 오리 백사장(白沙場)에 옮아 앉아
갈매기를 벗삼고 잠을 깰 줄 모르나니
무심(無心)하고 한가함이 주인과 어떠한고!
오동(梧桐) 사이 차운 달이 사경(四更)에 돌아 오니

천 바위 만 구렁이 낮보다도 밝았도다.
호주(湖洲)의 수정궁(水晶宮)을 누가 여기 옮겨 온고
은하수(銀河水)를 뛰어 건너 광한전(廣寒殿)에 올랐는 듯
짝 맞은 솔은 조대(釣臺)에 세워 두고
그 밑에 배를 세워 가는대로 버려 두니
붉은 여뀌 흰 마름의 물가를 언제 지나
환벽당(環碧堂) 용의 소(沼)가 배 앞에 닿았느냐.
푸른 강변(江邊)에 소 먹이는 아이들이
흥에 넘쳐 피리를 불어 대니
물속에 잠긴 용이 잠깨어 일어날 듯
연파(烟波)에 나온 학(鶴)이 제 깃을 버리고 반공(半空)에 솟아 뜰
듯
소식(蘇軾)의 적벽부(赤壁賦)는 추칠월(秋七月)이 좋다 하되
팔월 보름달을 모두 어찌 기리는고.
잔 구름도 흩어지고 물결이 잔잔한데
하늘에 돋은 달이 솔 위에 올랐으니
달 잡다가 물에 빠진 이백(李白) 옛일 장관(壯觀)이다.
공산(空山)에 쌓인 낙엽(落葉) 걷어 치듯 부는 북풍(北風)
떼구름 거느리고 눈조차 몰아 오니
조물주(造物主)가 일을 즐겨 옥으로 꽃을 지어
천만(千萬) 수림(樹林)들을 잘도 꾸며내었다.
앞여울 가리워 얼어 외나무다리 놓였는데
막대 멘 늙은 중이 어느 절로 간다 말고.
산늙은이의 이 부귀를 남더러 떠들지 마오
옥같은 굴(窟) 숨은 세계를 찾을 이 있을세라.
산중에 벗이 없어 서책(書冊)을 쌓아 두고
만고의 인물들을 거슬러 세어 보니
성현도 많거니와 호걸(豪傑)도 많고 많다.
하느님이 태어내시매 어찌 무심할까마는

시운(時運)과 흥망성쇠(興亡盛衰) 어찌 그리 수(數) 없는고
모를 일도 많거니와 애달음도 그지없다.
부처 같은 소부(巢父)·허유(許由) 귀는 어찌 씻었던고
표주박을 팽개친 후 지조행장(志操行狀) 더욱 높다.
인심이 얼굴 같아 볼수록 새롭거늘
세상사(世上事)는 구름이라 험하기도 험하구나.
엊그제 빚은 술이 얼마나 익었느냐.
잡거니 권하거니 술잔 실컷 기울이니
마음에 맺힌 근심 다소나마 후련하다.
거문고 줄을 얹어 풍입송(風入松)을 타쟀구나.
손인지 주인인지 모두 잊어버렸도다.
장공(長空)에 떴는 학이 이 골의 진선(眞仙)이라
이전에 달 밑에서 혹시나 만나신가
손님이 이르기를 그대 곧 주인 진선(眞仙)인가 하노라.

사미인곡(思美人曲)

정 철(鄭 澈)

저자가 50세 되던 해인 1585년에 조정을 물러나 4년 동안 고양(高陽)·창평(昌平) 등지에서 한가한 가운데 불우한 시간을 보낸 적이 있다. 이 작품은 창평에서 칩거(蟄居)하던 당시에 쓴 작품이다. 초야에 임금을 연도하고 고신연주(孤臣戀主)의 정한(情恨)을, 한 여인이 그 남편을 생이별하고 연모하는 마음에 비유하여 쓴 것으로 자신의 충정을 우의적(寓意的)으로 고백한 작품이다.

이 몸이 태어날 때 임을 좇아 태어났으니 일생 연분(緣分)이며 하늘 모를 일이던가. 나 오직 젊어 있고 임 오직 날 사랑하시니, 이 마음 이 사랑 견줄 데 전혀 없다.

평생(平生)에 원(願)하건데 함께 가자 하였더니 무슨 일로 홀로 두고 그리워하는가? 엊그제 임을 모셔 광한전(廣寒殿)에 올랐더니 그동안에 어찌하여 하계(下界)에 내려오니, 올 때에 빗은 머리 헝클어진 지 3년이라. 연지분(臙脂粉) 있네마는 누굴 위해 곱게 할고, 마음에 맺힌 시름 첩첩히 쌓여 있어 짓는 것이 한숨이요 지는 것이 눈물이다. 인생은 유한한데 시름도 그지 없다. 무심(無心)한 세월은 물 흐르듯 하는구나. 염량(炎凉)이 때를 알아 가는 듯 다시오니 듣는 것 보는 것 느낄 일이 많기도 하구나.

동풍(東風)이 건듯 불어 적설(積雪)을 헤쳐내니 창(窓) 밖에 심은 매화 두세 가지 피었구나. 가득이나 냉담(冷淡)한데 암향(暗香)은 황혼(黃昏)의 달이 좇아 베갯머리 비추니 느끼는 듯 반기는 듯 임이신 가 아니신가. 저 매화 꺾어 내어 임 계신 데 보내고 싶구나. 임이 너 를 보고 어떻다 여기실까? 꽃 지고 새 잎 나니 녹음(綠陰)이 깔렸는 데, 나위 적막(寂寞)하고 수막(寂莫)이 비어 있다. 부용(芙蓉)을 걷 어 놓고 공작(孔雀)을 둘러 두니 가득이나 시름 많은데 날은 어찌 길 던고. 원앙금을 베어 놓고 오색선(五色線) 풀어내어 금자로 재어서 임의 옷 지어내니 수품(手品)은 물론이거니와 제도(制度)도 갖추었구 나. 산호수 지게 위에 백목함에 담아 두고 임에게 보내려고 임 계신데 바라보니, 산인가 구름인가 험하기도 험하구나.

천리만리(千里萬里) 길을 뉘라서 찾아 갈고, 가거든 열어 두고 날 인가 반기실까. 하루 밤 서리 내려 기러기 울며 갈 적에, 위루(危樓) 에 혼자 올라 수정렴(水晶簾) 걷으니 동산(東山)에 달이 뜨고 북극에 별이 뵈어 님이신가 반기니 눈물이 절로 난다. 청광(淸光)을 집어내 어 봉황루(鳳凰樓)에 붙이고 싶구나. 누(樓) 위에 걸어두고 온 세상 에 다 비치어 심산궁곡(深山窮谷) 대낮같이 만드소서.

건곤(乾坤)이 폐색(閉塞)하여 백설(白雪)이 한빛일 때 사람은 커녕 나는 새도 그쳐 있다. 소상남반(瀟湘南畔)도 추움이 이렇거든 옥루고 처(玉樓高處)야 더욱 말해 무엇하리. 양춘(陽春)을 일으켜 임 계신데 쏘이고 싶구나. 초가집 처마에 비친 해를 옥루(玉樓)에 올리고 싶구 나. 홍상(紅常)을 여며입고 취수(翠袖)를 반만 걷어 일모수죽(日暮脩 竹)에 생각이 많기도 하구나. 다른 해 빨리 져서 긴밤을 꼿꼿이 앉아 청등(靑燈) 걸은 옆에 전공후 놓아두고 꿈에나 임을 보려 턱 받치고 의지하니 앙금(鴦衾)도 차구나. 이 밤은 언제 샐 것인가?

하루도 열두 때 한 달도 설흔 날 잠깐만 생각마라. 이 시름 잊자 하 니 마음에 맺혀 있어 골수(骨髓)에 사무쳤으니 편작(扁鵲)이 열이 오 나 이 병을 어찌하리. 어와 내 병이야 이 임의 탓이로다. 차라리 사라 져서 범나비 되리라. 꽃나무 가지마다 가는 데마다 앉았거나 향 묻은 날개로 임의 옷에 옮기리라.

임이야 날인 줄 모르셔도 내 님 좇으려 하노라.

속미인곡(續美人曲)

정 철(鄭 澈)

'사미인곡(思美人曲)'의 속편이다. '사미인곡'과 마찬가지로 '고 신연주지사(孤臣戀主之詞)'이나, 그 표현 방법이 달라 전편(全 篇)을 두 여인의 대화체로 구성하였다.

저기 가는 저 부인 본 듯도 하구나. 천상(天上) 백옥경(白玉京)을 어찌하여 이별하고 해가 다 저문 날에 누굴 보러 가시는가?

어와, 너로구나! 내 이야기 들어보오. 내 얼굴 이 거동이 님의 사랑 받음직한가마는 어쩐지 날 보시고 너도다 여기실 나도 임을 믿어 딴 생각 전혀 없어 재롱이야 교태야 지나치게 굴었던지 반기시는 낯빛이 예와 어찌 다르신가! 누워 생각하고 일어나 앉아 생각하니 내 몸의 지은 죄 산같이 쌓였으니 하늘을 원망하며 사람을 탓하랴? 서러워 풀 어 생각하니 조물(造物)의 탓이로다.

그것일랑 생각마오. 맺힌 일이 있습니다. 임을 모셔 있어 임의 일을 내 알거니 물 같은 얼굴이 편하실 적 몇 날일까? 춘한(春寒) 고열(高 熱)을 어떻게 지내시며 추일(秋日) 동천(冬天)은 뉘라서 모셨는가? 죽 조반(早飯) 조석(朝夕) 밥을 예와 같이 잡수시는가? 기나긴 밤에 잠을 어찌 주무시는가?

임 계신 곳 소식을 어떻게든 알자 하나 오늘도 거의 다가도다. 내일 이나 사람 올까 내 마음 둘 데 없다. 어디로 가자는 말인가? 잡거니 말거니 높은 산에 올라가니 구름은 물론이거니와 안개는 무슨 일인 가? 산천(山川)이 어두워서 일월(日月)을 어찌 보며 지척을 모르는데 천리를 바라보랴? 차라리 물 가에 가서 뱃길이나 보자 하니 바람이야 물결이야 어수선히 되었구나. 사공은 어디 가고 빈 배만 걸렸구나. 강천(江天)에 혼자 서서 지는 해를 굽어 보니 님 계신 곳 소식이 더욱 아득하구나.

초가집 찬 자리에 밤중에야 돌아오니 반벽청등(半壁靑燈)은 누굴 위해 밝았는가? 오르며 내리며 헤매며 서성대기 잠깐 동안 역진(力盡)하여 풋잠을 잠시 드니 정성(精誠)이 지극하여 꿈에 임을 보니 옥 같은 얼굴이 반이나 늙었구나. 마음에 먹은 말씀 실컷 사뢰려 하니 눈물이 따라 나니 말인들 어이하며 정(情)을 못다하여 목조차 메어오니 방정맞은 계성(鷄聲)에 잠은 어찌 깨었던가?

어와, 허사로다, 이 님이 어디 갔는가? 잠결에 일어나 앉아 창을 열고 바라보니 그림자 날 좇을 뿐이로다. 차라리 사라져서 낙월(落月)이나 되어야 임 계신 창 안에 환하게 비추리라.

각시님, 달은 커녕 굿은 비나 되소서.

규원가(閨怨歌)

허초희(許楚姬)

엊그제 젊었는데 이미 벌써 다 늙었구나. 소년행락(少年行樂) 생각 하니 말하여도 소용없다. 늙어야 설운 사연 말하자니 목이 맨다. 부생 모육(父生母育) 고생하여 이 내 몸 길러 낼 때 공후배필(公侯配匹)은 못 바라도 군자호구(君子好求) 원하더니, 삼생(三生)의 원업(怨業)이 요, 월하(月下)의 연분으로 장안유협(長安遊俠) 경박자를 꿈같이 만 나서 당시의 마음씀이 살얼음 디디는 듯, 삼오이오 겨우 지나 천연여 질(天然麗質) 절로 이니 이 얼굴 이 태도로 백년기약 하였더니 연광 (年光)이 빨리 가고 조물이 다 시기하여 봄 바람 가을 물이 베올 사 이 북 지나듯 곱고 아름다운 얼굴 어디 두고 면목가증 되었구나. 내 얼굴 내 보건데 어느 임이 날 사랑할 것인가? 스스로 참괴하니 누구 를 원망하리.

삼삼오오 야유원에 새 사람이 난다 말인가? 꽃 피고 날 저물 때 정 처없이 나가서 백마금편으로 어디어디 머무는가? 원근을 모르는데 소 식이야 더욱 알랴? 인연을 끊으신들 생각이야 없을소냐? 얼굴을 못 보거든 그립기나 말으렴. 열두 때 길기도 길구나. 설흔 날 지리하다. 옥창에 심은 매화 몇 번이나 피고 지는가? 겨울 밤 차고 찰 때 자국 눈 섞어치고 여름 날 길고 길 때 궂은 비는 무슨 일인고. 삼춘화류(三 春花柳) 호시절의 경물이 시름없다. 가을 달 방에 들고 귀뚜라미 침상 에서 울 때, 긴 한숨 지는 눈물 속절없이 생각만 많다. 아마도 모진 목숨 죽기도 어렵구나.

돌이켜 생각하니 이리 살아 어이 하리. 청등을 둘러 놓고 녹기금 빗겨 안아 벽련화 한 곡조를 시름 좇아 섞어 타니 소상 야우에 댓잎소리 섞여 들리는듯 하구나.

 망주석에 천 년 만에 찾아온 특별한 학이 우니는 듯. 아름다운 손으로 타는 솜씨는 옛소리 있다마는 부용장 적막하니 뉘 귀에 들릴 것인가? 간장이 구곡되어 굽이굽이 끊어졌구나.

 차라리 잠이 들어 꿈에나 보려 하니, 바람에 지는 잎과 풀 속에 우는 벌레, 무슨 일 원수라서 잠조차 깨우는가? 천상의 견우 직녀 은하수 막혀도 칠월 칠석 일 년 한 번 때를 놓치지 아니커든 우리님 가신 후는 무슨 장애물 가렸건데 오고 가는 소식조차 그쳤는가?

 난간에 기대서서 님 가신 데 바라보니 초로(草露)는 맺혀 있고 모운(暮雲)이 지나갈 때 죽림 푸른 꽃에 새 소리 더욱 섧다. 세상에 설운 사람 수 없다 하려니와 박명한 홍안이야 나같은 이 또 있을까?

 아마도 이 님의 탓으로 살동말동 하구나.

• **허초희**(許楚姬, 1563~1589) 난설헌은 호. 허균(許筠)의 누이. 시인 이달(李達)에게 시를 배워 천재적인 시재(試才)를 발휘했으며, 결혼 생활의 불만과 친정의 겹친 화(禍)에 따른 고뇌를 시작(詩作)으로 달래었다. 섬세한 필치로 여인의 특유한 감상(感傷)을 토로함으로써 애상적인 시풍(詩風)의 독특한 시세계를 이룩했다.

태평사(太平詞)

박인로(朴仁老)

1598년(선조 31년), 임진왜란의 와중에서 좌병사(左兵使) 성
윤문의 막하에서 그를 보좌하고 있을 때 병졸들을 위로하기 위해
지은 노래이다. 내용은 우리나라 고래의 찬란한 문화를 예찬하는
데서부터 시작해 왜군의 침입으로 인한 혼란한 상태와 군인들의
활약, 전승(戰勝)의 모습과 개선의 환희, 전란이 끝나고 다시 오
는 태평성대(太平聖代)를 구가한 것이다.

나라가 치우쳐서 해동(海東)에 버렸어도
기자(箕子)의 끼친 풍속 고금 없이 순박하여
건국이후 이백 년간 예의를 숭상하니
우리의 모든 문화 중화(中華)같이 되었더니
섬 오랑캐 많은 군사 일조(一朝)에 몰아와서
수많은 우리 겨레 칼빛 따라 놀랜 혼백
들판에 쌓인 뼈는 산보다 높아 있고
큰 도읍 큰 고을은 여우 굴이 되었거늘
처량한 임금 행차 의주로 바삐 드니
먼지가 아득하여 햇빛이 엷었더니
거룩하신 천자님이 노염 한 번 크게 내어
평양의 모든 흉적(凶敵) 한칼 아래 다 베이고
바람같이 몰아 내어 남해가에 던져두고
궁한 도적 치지 않고 몇 해를 지냈는고

동쪽 강변 일대의 외로운 우리 겨레
우연히 때가 와서 제갈량을 다시 만나
오덕(五德)이 밝은 아래 앞장 서 싸우다가
영웅(英雄)과 인용(仁勇)들을 기록에 남겼으니
남방이 편안하고 장사(壯士) 군마(軍馬) 강하더니
왕조 하룻밤에 정유재란 바람 이니
용 같은 장수와 구름 같은 용사들이
깃발은 하늘 덮고 만 리나 이었으니
요란한 군마(軍馬)소리 산악 흔드는 듯
어영청 대장은 선봉(先鋒)을 인도하여 적진중(敵陣中)에 돌격하니
모진 바람 큰 비 내려 벼락이 터지는 듯
가등청정(加藤淸正) 더벅머리 손아귀에 있건마는
하늘비가 빌미 되어 장병들이 피곤커늘
잠깐 동안 풀어 주어 사기를 쉬었다가
적의 무리 무너지니 못다 잡고 말겠는가?
적굴(敵窟)을 두루 보니 튼튼한 듯하다마는
대전하여 사라지니 요새지(要塞地)도 소용 없네
우리 임금 넓은 덕화(德化) 원근(遠近)에 미쳤으니
하느님이 적을 죽여 인(仁)과 의(義)를 돕는도다.
태평성대(太平聖代)야 지금인가 여기노라.
못생긴 우리들도 신하 되어 있었다가
임금 은혜 못 갚을까 죽을 힘을 다하여서
칠년간을 쏘대다가 태평(太平) 오늘 보았도다.
전쟁을 끝마치고 세유영(細柳營)에 돌아 들 때
태평을 노래하는 드높은 음악 소리
수궁 깊은 곳의 어룡이 다 웃는 듯
군기(軍旗)는 휘날려서 바람에 나부끼니
오색 구름 찬란하게 반공(半空)에 떨어진 듯
태평한 이 모양이 더욱더 반갑구나.

화살을 높이 들고 개선가(凱旋歌)를 아뢰오니
외치는 환성(歡聲) 소리 공중에 어리도다.
예리한 긴 칼을 흥에 넘쳐 둘러 메고
휘파람 불면서 춤을 추려 일어서니
보배로운 칼 빛이 두우간(斗牛間)에 쏘이도다.
손이 추고 발이 뛰어 저절로 즐기오니
칠덕가(七德歌) 칠덕무(七德舞)를 그칠 줄 모르도다.
인간에 즐거움이 이 같음이 또 있는가.
화산(華山)이 어디메냐 이 말을 보내고져!
천산(天山)이 어디메냐 이 활을 쏘아 보자.
이제는 하올 일이 충효 할 일 뿐이로다.
영중(營中)에 일이 없어 긴잠 들어 누웠으니
묻노라 이 날이 어느 땐가
복희씨(伏羲氏) 때 태평시절 다시 본 듯 여겨진다
궂은비도 멎어지고 밝은 해가 더욱 밝다.
햇빛이 밝으니 만방(萬方)이 훤하도다.
곳곳의 구렁텅에 흩어 있던 늙은 이가
봄날의 제비같이 옛 집을 찾아 오니
그립던 고향이매 뉘 아니 반겨하리.
이에서 거쳐(居處)하니 즐거움이 어떠한고.
살아 남은 백성들아 성은(聖恩)인 줄 알겠는가?
거룩한 은혜 아래 오륜(五倫)을 밝혀 보세
백성(百姓)을 가르치면 절로 아니 읽겠는가?
천운(天運)이 순환함을 알겠도다 하느님아
이 나라를 도우시어 만세무강(萬世無疆) 누리소서.
요순(堯舜) 같은 태평시에 삼대일월(三代日月) 비춰소서.
천만년 동안에 전쟁을 없애소서.
밭 갈고 우물 파서 태평가를 불리소서.
우리도 임금님 뫼시고 함께 태평(太平)함을 즐기리라.

선상탄(船上歎)

박인로(朴仁老)

선조 38년 노계가 통주사(統舟師)가 되어 부산에 내려갔을 때 선상(船上)에서 지은 작품이다. 제목을 '선상탄(線上歎)'이라 하였으나 감상(感傷)에 흐르지 않고, 배의 유래로부터 시작하여 우국단심(憂國丹心)을 피력(披瀝)하였고, 적을 위압하는 기백을 그 속에 담아서 투지만만한 무사의 용전을 표백한 전쟁가사이다.

늙고 병든 몸을 수군(水軍)으로 보내실 새
을사년 여름에 진동영(鎭東營) 내려오니
변방 중요한 땅 병이 깊다 앉았으라.
긴 칼을 비끼 차고 병선(兵船)에 감히 올라
눈을 부릅뜨고 대마도(對馬島)를 굽어 보니
바람 따른 누른 구름 원근(遠近)에 쌓여 있고
아득한 푸른 바다 긴 하늘과 한 빛일세.
배 위에 거닐면서 고금일을 생각하니
어리석고 미친 뜻에 황제를 한하노라.
큰 바다 아득하게 천지에 둘렀으니
참으로 배 아니면 풍파(風波)이는 만리 밖을
오랑캐가 엿볼는가?
무슨 일하려 하여 배 만들기 시작하고
천만년 후세에 끝 없는 폐단 되어
넓은 하늘 밑에 만백성이 원망하네

아! 깨달으리 진시황의 탓이로다

배가 비록 있는들 왜놈 아니 생겼던들

누구 말을 믿어 듣고 나이 어린 남녀들을 그토록 들여다가

바다 모든 섬에 강한 도적 남겨 두고

분한 수치와 모욕이 중국까지 미치는가?

오래 사는 선약을 얼마나 얻어 내어

만리장성 높이 쌓고 몇 만년을 살았던고.

남과 같이 죽었으니 유익한 줄 모르겠다.

아! 생각하니 서시(徐市) 등이 심하도다.

신하가 되어서 망명을 한 것인가?

신선을 못 봤거든 곧 돌아나 왔더라면

해병의 이 근심은 전혀 없이 되었을 걸.

지난일을 허물 말자 말해서 무엇하리!

쓸 데 없는 시비(是非)를 휩쓸어 버려 두자.

깊이 생각하니 나의 뜻도 고집이네.

황제가 배 만듦은 그른 줄도 모르겠다.

장한(張翰)이 강동에서 추풍(秋風)을 만났어도 조각밴들 안 탔으면

바다가 넓다 하나 무슨 흥이 절로 나며

삼정승도 안 바꿀 제일(第一) 좋은 강산(江山)에

부평(浮萍) 같은 이 생애를 조각배가 아니면 어디 붙여 다닐는고.

이런 일 보건대 배 생긴 제도야 지극히 묘하다만

어찌하여 우리들은 나는 듯한 판잣대를 밤낮으로 비끼 타고

바람 쏘며 달을 읊되 흥이 전혀 없는가요.

옛날 선중에는 술상이 낭자터니 오늘 선중에는 긴 창검뿐이로다.

다 같은 배이지만 모든 배가 다르니

그 간의 약과 근심 서로 같지 못하도다.

때때로 머리 들어 북쪽을 바라보며

시국을 근심하는 늙은이의 눈물 지네.

우리 나라 문물(文物)이 한(漢)·당(唐)·송(宋)만 못하랴만

나라 운수 불길하여 왜관(倭冠)들의 흉계(凶計)에 만고(萬古)의 염치(廉恥) 받고

백분(百分)의 한 가지도 설치(雪恥)를 못했거던

이 몸이 못났은들 신하가 되었다가

곤궁 영달(困窮 榮達) 길이 달라 못 뫼시고 늙었던들

나라 위한 지성(至誠)이야 일각(一刻)인들 잊을손가.

분개 넘친 장한 기개(氣慨) 늙어 더욱 장하다만

미약(微弱)한 이 몸이 병조차 들었으니

분(憤) 풀고 한(恨)을 폄이 어려울 듯하건마는

죽은 제갈량도 산 중달(仲達)을 멀리 쫓고

발 없는 손빈(孫臏)이 연(涓)을 잡았거든

더구나 이 몸은 손과 발이 갖춰 있고 목숨이 이었으니

쥐 개 같은 도적이야 조금이나 두려할까?

적선(賊船)에 달려 들어 선봉(先鋒)을 내리 치면

구시월 서릿바람에 낙엽같이 헤치리라.

제갈량의 칠종칠금(七縱七擒) 우린들 못할 것인가?

꾸물 대는 오랑캐야 빨리 빌고 항복하라.

항복한 자 안 죽이니 너를 죽이겠다.

거룩하신 우리 임금 모두 살게 하시니라.

태평한 천하에 요순(堯舜)시절 군민(君民)되어

일월 같은 성명(聖明)이 아침같이 밝았거든

전선(戰船) 타던 우리들도 어선(漁船)에서 노래하고

가을 달과 봄 바람에 높이 베고 누워 있어

태평성대를 다시 누리려고 하도다.

누항사(陋巷詞)

박인로(朴仁老)

저자의 청빈한 생활을 노래한 것으로, 친구인 한음 이덕형이 찾아와 산거궁고(山居窮苦)의 생활을 물었을 때, 그것에 답하여 지은 노래라고 한다. 농촌의 빈한한 생활 속에서 성현의 도를 닦는 것으로 만족하며 사는 심정을 표현한 것으로 안빈낙도(安貧樂道) 사상이 깔려 있다.

어리석고 못나기는 나 이상 가는 이가 없구나.
길흉(吉凶)과 화복(禍福)을 하느님께 맡겨 두고
누추한 깊은 곳에 오막살이 집을 짓고
조석(朝夕) 바람 비에도 썩은 짚이 섶이 되어
세홉 밥 닷홉 죽에 연기만 많이 나누나.
덜 데운 숭늉으로 빈 배 속일 뿐이로다.
생계가 이렇다고 장부 뜻을 바꿀 것인가?
안빈낙도(安貧樂道)한 생각을 적을 망정 품고 있어
오직 의(義)를 좇으려 하니 날이 갈수록 어긋난다.
가을이 부족커든 봄인들 넉넉하며
주머니가 비었거든 병에나 담겼으랴.
가난한 이 인생 천지간에 나뿐이라.
굶주리고 헐벗은들 일편단심(一片丹心) 잊을손가.
의(義)에 분발(奮發)하여 몸을 잊고 죽을 결심(決心) 가지고서
전대와 망태기에 한 줌 한 줌 모아 넣고

전쟁 오년(五年)에 결사(決死) 마음 갖고 있어
시체 넘고 피를 건너 몇 백전(百戰)을 치뤄내었는가.
이 몸이 여가 있어 집안을 돌보겠나.
수염 긴 종놈은 노주(奴主) 분별 있었거든
나에게 봄이 옴을 언제나 알려 줄까?
밭갈이할 시기를 어느 종에 물어 볼고
몸소 갈고 사는 것이 내 분순 줄 알겠도다.
들에서 김을 매고 밭가는 늙은이를
천(賤)타할 이 없건마는
아무리 갈고자 한들 어느 소로 갈겠는가?
가뭄이 매우 심해 시절이 다 늦은 때
서쪽 둔덕 높은 논에 잠깐 동안 지나는 비에
근원 없는 길바닥의 물 반쯤만 대어두고
소 한번 주겠다고 탐탁치 않게하는 말씀
달 없는 저녁에 친절하다 여긴 집에
허둥지둥 달려 가서 굳게 닫은 문을
우두커니 혼자 서서
큰 기침 애햄 소리 오래도록 하온 뒤에
누군신가 묻기에 염치 없는 내라 하니
초경(初更)도 다 됐는데 그 어째 왔나 한다.
해마다 이러하기 구차한 줄 알건마는
소 없는 궁한 집에 걱정 많아 왔다 하니
공짜로나 값을 치나 빌릴 만도 하다마는
다만 어젯밤에 건너집 저 사람이
목 붉은 수꿩을 지글지글 구워 내어
갓 익은 삼해주(三亥酒)를 취토록 권하거든
이러한 은혜를 어찌 아니 갚겠는가?
내일 소를 빌려주마 굳은 언약(言約) 하였거든
위약(違約)함이 미안하여 대답하기 어렵다네.

사실이 그렇다면 어찌 할 수 있나 하고
헌 갓을 숙여 쓰고 축 없는 짚신에
맥 없이 물러 나오니
풍채 작은 모습에 개만 짖을 뿐이로다.
달팽이집 내 방 든들 잠이 와서 눕겠는가?
북창(北窓)에 기대 앉아 새벽을 기다리니
무정(無情)한 뻐국새는 이내 원한 돋우누나.
아침까지 슬퍼하며 먼 들을 바라보니
즐기는 농부가도 흥 없이 들리도다.
세정(世情) 모른 한숨은 그칠 줄 모르노라.
아까운 저 쟁기는 볏 보임도 좋구나.
가시 엉긴 묵은 밭도 손쉽게 갈련마는
텅 빈 집 벽 가운데 쓸 데 없이 걸렸구나.
봄갈이도 다 지났다 모든 것을 버려두자.
강호(江湖)에 살을 꿈을 꾼 지도 오래더니
호구(糊口)가 걱정되어 이때까지 있었다가
저 강변(江邊)을 바라보니 푸른 대도 무성하다.
빛나는 군자들아 낚대 하나 빌려 다오.
갈대 꽃 깊은 곳에 명월청풍(明月淸風) 벗이 되어
임자 없는 풍월(風月) 강산에 저절로 늙으리라.
무심한 백구(白鷗)야 오라가라 하겠는가?
다툴 이 없는 것은 다만 이뿐인가 하노라.
못난 이 몸에 무슨 뜻이 있으랴만
두 세이랑 논밭을 다 묵혀 버려 두고
있으면 죽이요 없으면 굶을 망정
남의 집 남의 것을 부러워하지 마오.
나의 빈천(貧賤) 싫어하여 손을 젓다 물러가며
남의 부귀(富貴) 부러하여 손을 치다 나아오랴.
인간의 어느 일이 운명 밖에 생겼으리

가난해도 무원(無怨)함이 어렵다 하건마는
내 생활이 이러해도 설운 뜻은 없삽노라.
단사표음(簞食瓢飮) 검소함을 이도 족히 여기노라.
호의 호식(好衣好食)에는 내 평생 뜻이 없다.
태평한 이 세월(歲月)에 충과 효를 일을 삼아
형제화목 봉우신의(朋友信義) 잘못이라 뉘가 하리
그 밖의 남은 일이야 되는대로 살리라.

농가월령가(農家月令歌)

정학유(丁學遊)

머리 노래

천지조판[1]하매 일월성신[2] 비최거다[3]

일월(日月)도 도수[4]있고 성신(星辰)은 전차[5]있어

일년 삼백육십오 일에 제 도수 돌아오매

동지 하지 춘추분은 일행[6]을 추측하고

상현[7], 하현[8] 망회삭[9]은 월륜(月輪)[10]의 영휴[11]로다

대지상(大地上) 동서남북 곳을 따라 틀리기로

북극[12]을 보람[13]하여 원근(遠近)을 마련하니

---

1) 하늘과 땅이 처음 생겨 갈라짐.
2) 해, 달, 별 즉 모든 천체(天體).
3) 비치었다.
4) 거듭되는 회수(回數), 즉 해와 달이 주기적으로 운행한다는 뜻.
5) 별이 돌아가는 길.
6) 해가 돌아가는 길.
7) 매월 음력 7,8일에 뜨는 달.
8) 매월 음력 22, 23일에 뜨는 달.
9) 음력 보름, 그믐, 초하루.
10) 달.
11) 차고 이지러짐.
12) 북극성(北極星).
13) 표하여.

이십사 절후(節候)를 십이삭(十二朔)에 분별하여
매삭(每朔)[1]에 두 절후가 일망[2]이 사이로다
춘하추동 내왕하여 자연히 성세[3]하니
요순[4] 같은 착한 임금 역법[5]을 창개[6]하사
천시[7]를 밝혀내어 만민(萬民)을 맡기시니
하우[8]씨 오백년은 인월[9]로 세수[10]하고
주(周)나라 팔백년은 자월[11]로 신정(新定)이라
당금(當今)[12]에 쓰는 역법 하우씨와 한 법이라
한서오량[13] 기후 차례 사시(四時)에 맞갖으니[14]
공부자[15]의 취하심이 하령[16]을 행하도다

---

1) 매삭(每朔) : 매달.
2) 보름.
3) 한 해.
4) 요 임금과 순 임금. 중국 고대의 전설적인 임금으로 정치를 잘하여
   나라가 태평했다고 함.
5) 책력을 만드는 법.
6) 처음으로 시작함.
7) 밤낮, 계절, 추위와 더위 등이 돌아오는 때.
8) 하나라의 우 임금.
9) 음력 정월.
10) 해의 처음으로 삼음.
11) 음력 11월.
12) 지금.
13) 추위와 더위, 따뜻함과 서늘함으로 사계절을 뜻함.
14) 꼭 맞으니.
15) 공자(孔子)를 높혀 부르는 말.
16) 하(夏)나라의 우왕(禹王)이 정한 역법(曆法).

정월령(正月令)

정월은 맹춘¹⁾이라 입춘²⁾ 우수³⁾ 절기(節氣)로다

산중간학⁴⁾에 빙설(氷雪)은 남았으나

평교광야⁵⁾에 운물⁶⁾이 변하도다

어와! 우리 성상(聖上) 애민중농⁷⁾하오시니

간측⁸⁾하신 권농윤음⁹⁾ 방곡¹⁰⁾에 반포하니

슬프다!농부들아 아무리 무지(無知)한들

네 몸이 이해(利害) 고사¹¹⁾하고 성의¹²⁾를 어길소냐

산전수답 상반¹³⁾하여 힘대로 하오리라

일년 풍흉(豐凶)은 측량(測量)하지 못하여도

인력이 극진하면 천재(天災)를 면하나니

제 각각 근면(勤勉)하여 게을리 굴지 마라

일년지계(一年之計) 재춘¹⁴⁾ 하니 범사¹⁵⁾를 미리 하라

---

1) 첫봄. 음력 정월.
2) 24절기의 첫째. 양력 2월 4, 5일경.
3) 입춘과 경칩 사이의 절기, 양력 2월 18, 19일경.
4) 산속의 깊은 골짜기에 흐르는 시내.
5) 즐펀한 마을과 넓은 들.
6) 경치.
7) 백성을 사랑하고 농사에 힘씀.
8) 지극히 간절함.
9) 농사를 장려하는 임금의 교서(敎書).
10) 리(里).
11) 그만두고.
12) 임금님의 뜻.
13) 서로 반반 나눠.
14) 봄에 세움.
15) 모든 일. 예사로운 일.

봄에 만일 실시¹⁾하면 종년(終年)일이 낭패되네
농기(農器)를 다스리고 농우(農牛)를 살펴 먹여
재 거름 재워 놓고 일변²⁾으로 실어 내어
맥전³⁾에 오줌치기 세전⁴⁾보다 힘써 하라
늙은이 근력(筋力)없어 힘든 일은 못하여도
낮이면 이엉⁵⁾ 엮고 밤이면 새끼 꼬아
때 미쳐⁶⁾ 집 이으면 큰 근심 덜리로다
실과(實果)나무 버곳⁷⁾깎고 가지 사이 돌 끼우기
정조⁸⁾날 미명시⁹⁾에 시험조(試驗條)로 하여 보라
며느리 잊지 말고 소곡주¹⁰⁾ 밑하여라
삼춘백화시¹¹⁾에 화전일취¹²⁾하여 보자
상원¹³⁾날 달을 보아 수한¹⁴⁾을 안다 하니

---

1) 시기를 놓침.
2) 한 쪽.
3) 보리밭.
4) 세수.
5) 지붕을 이는 데 쓰기 위하여 엮은 짚.
6) 되어.
7) 보굿의 방언. 나무의 겉껍질에 비늘같이 생긴 것.
8) 음력 설날 아침.
9) 밝기 전.
10) 찹쌀 막걸리. 좋은 술.
11) 봄에 온갖 꽃이 필 때. 삼춘은 봄의 석 달 동안을 일컬음.
12) 꽃 앞에서 한 번 취함. 즉 꽃놀이 하면서 술을 마심.
13) 음력 정월 보름날.
14) 장마와 가뭄.

노농[1]의 징험[2]이라 대강은 짐작나니
정초에 세배함은 돈후[3]한 풍속이다
새 의복 떨쳐 입고 친척 인리[4] 서로 찾아
노소남녀 아동까지 삼삼오오 다닐 적에
와삭 버석 울긋불긋 물색(物色)이 번화하다
사내아이 연 띄우고 계집아이 널뛰기요
윷놀이 내기하기 소년들 놀이로다
사당(祠堂)에 세알[5]하니 병탕[6]에 주과[7]로다
엄파[8]와 미나리를 무엄에 곁들이면
보기에 신신(新新)하여 오신채[9]를 부러하랴
보름날 약밥 제도 신라(新羅)적 풍속이라
묵은 산채 삶아내니 육미(肉味)를 바꿀소냐
귀 밝히는 약술이며 부름[10] 삭는 생률[11]이라
먼저 불러 더위팔기 달맞이 횃불켜기
흘러오는 풍속이요 아이들 놀이로다

---

1) 늙은 농부.
2) 징조를 경험함.
3) 인정이 많고 두터움.
4) 이웃 마을.
5) 세배를 높여 부르는 말.
6) 떡국.
7) 술과 음식, 곧 간략한 제물(祭物)을 뜻함.
8) 움파. 겨울에 움에 묻어 저장하여 노랗게 된 파.
9) 다섯 가지의 자극성 있는 채소, 즉 마늘, 달래, 무릇, 굵은 파, 세파.
10) 부스럼의 옛 말.
11) 생 밤.

이월령(二月令)

이월은 중춘[1]이라 경칩 춘분 절기로다
초육일[2] 좀생이는 풍흉(豐凶)을 안다 하며
스므날 음청[3]으로 대강은 짐작나니
반갑다 봄바람이 의구히[4] 문을 여니
말랐던 풀뿌리는 속잎이 맹동[5]한다
개구리 우는 곳에 논물이 흐르도다
멧비둘기 소리나니 버들 빛 새로와라
보장기[6] 차려 놓고 춘경[7]을 하오리라
살진 밭 가리어서 춘모[8]를 많이 갈고
면화(棉花)밭 되어 두고[9] 제때를 기다리소
담뱃모와 잇[10] 심으기 이를수록 좋으리라
원림(園林)을 장점[11]하니 생리[12]를 겸하도다
일분[13]은 과목(果木)이요 이분(二分)은 뽕나무라

---

1) 봄의 한창 때.
2) 28수(宿)의 하나로, 묘성(昴星)이라고도 함.
3) 흐리고 갬.
4) 옛날과 같이.
5) 풀과 나무가 움트기 시작함.
6) 보습과 장기, 논밭을 가는데 쓰는 농기구.
7) 봄에 논이나 밭을 가는 일.
8) 봄에 심는 보리.
9) 다시 갈아 두어.
10) 풀 이름.
11) 이기서 손보아 다듬는다.
12) 이익을 봄. 이익을 냄.
13) 몇으로 나눈 것 중의 하나.

뿌리를 상(傷)치 말고 비오는 날 심으리라
솔가지 찍어다가 울타리 새로 하고
장원도[1] 수축(修築)[2]하고 개천도 쳐올리소
안팎에 쌓인 건불 정쇄[3]히 쓸어내어
불 놓아 재 받으면 거름을 보태려니
육축[4]은 못다 하나 우마계견(牛馬鷄犬) 기르리라
씨암탉 두세 마리 알 안겨 깨어 보자
산채(山菜)는 일렀으니 들나물 캐어 먹세
고들빼기 씀바귀며 소루쟁이 물쑥이라
달래김치 냉잇국은 비위(脾胃)[5]를 깨치나니
본초[6]를 상고(詳考)하여 약재(藥材)를 캐오리라
창백출[7] 당귀(當歸)[8] 천궁[9] 시호[10] 방풍[11] 산약[12] 택사[13]
낱낱이 기록하여 때미쳐 캐어두소
촌가(村家)에 기구 없이 값진 약 쓰올소냐?

---

1) 담장.
2) 집이나 방축 따위를 고침.
3) 말끔히.
4) 소·말·돼지·양·닭·개.
5) 입맛.
6) 한약재의 한 종류. (本草綱目)의 준말.
7) 8) 9) 10) 11) 12) 13) 한약재의 이름.

삼월령(三月令)

삼월은 모춘[1]이라 청명 곡우 절기로다
춘일(春日)이 재양[2]하여 만물이 화창(和暢)하니
백화(百花)는 난만하고 새소리 각색(各色)이라
당전[3]의 상제비는 옛집을 찾아오고
화간(花間)의 범나비는 분분(紛紛)히 날고 기니
미물(微物)도 득시[4]하여 자락[5]함이 사랑스럽다.
한식날 성묘(省墓)하니 백양(百樣)나무 새잎 난다
우로(雨露)에 감창[6]함을 주과(酒果)로나 펴오리라
노부의 힘드는 일 가래질 첫째로다
점심밥 풍비[7]하여 때 맞추어 배 불리소
일군의 처자권속[8] 따라와 같이 먹세
농촌의 후한 풍속 두곡[9]을 아낄소냐?
물꼬[10]를 깊이 치고 도랑 밟아 물을 막고
한 편에 모판하고 그 나머지 삶[11]이 하니

---

1) 늦봄. 음력 3월.
2) 절기가 따뜻해짐.
3) 대청 앞.
4) 때를 만남. 때를 얻음.
5) 제 스스로 즐김.
6) 조상에게 감사하는 마음으로 슬퍼함.
7) 풍부하게 준비함.
8) 아내와 자식과 딸린 식구들.
9) 얼마 되지 않은 곡식.
10) 논에 물을 대기 위한 수로(水路).
11) 못자리를 따로 하지 않고 처음 삶은 논에 바로 볍씨를 뿌려 심는 일.

날마다 두세 번씩 부지런히 살펴보소
약한 싹 세워낼 제 어린아이 보호하듯
백곡(百穀) 중 논농사가 범연[1]하고 못하리라
포전[2]에 서속[3]이요 산전(山田)에 두태[4]로다
들깻모 일찍 붓고 삼농사[5]도 하오리라
좋은 씨 가리어서 그루를 상환[6]하소
보리밭 매어 놓고 못논을 되어 두소
들농사 하는 틈에 치포[7]를 아니할까
울 밑에 호박이요 처맛가에 박 심으고
담 근처에 동아 심어 가자[8]하여 올려보세
무우 배추 아욱 상치 고추 가지 파 마늘을
색색이 분별하여 빈 땅 없이 심어 놓고
갯버들 베어다가 개바자[9] 둘러 막아
계견(鷄犬)을 방비하면 자연히 무성하리
외밭은 따로 하여 거름을 많이 하소
농가의 여름 반찬 이밖에 또 있는가
뽕눈을 살펴보니 누에 날 때 되겠구나!

---

1) 대수롭지 않게 여김.
2) 개울가에 있는 밭.
3) 기장과 조.
4) 콩과 팥.
5) 삼을 가꾸는 농사.
6) 윤작(輪作)을 하다.
7) 채소밭을 가꿈.
8) 박이나 호박덩굴이 잘 뻗도록 세워 주는 막대기.
9) 개 등의 가축이 들어가지 못하도록 쳐 놓은 울타리.

어와! 부녀들아 잠농[1]을 전심(專心)하소
잠실(蠶室)을 쇄소[2]하고 제구(諸具)를 준비하니
다래끼[3], 칼, 도마며 채광주리[4] 달발[5]이라
각별히 조심하여 내음새 없이 하소
한식(寒食) 전후 삼사일에 과목(果木)을 접하나니
단행(丹杏)[6] 이행(李杏)[7] 울릉도[8]며 문배 참배 능금 사과
엇접[9], 피접[10], 도마접[11]에 행차접[12]을 잘 사느니
청다대[13] 정릉매[14]는 고사에 접을 붙여
농사를 필(畢)한 후에 분(盆)을 올려 들여놓고
천한백옥[15] 풍설(風雪) 중에 춘색(春色)을 홀로 보니
실용(實用)은 아니로되 산중(山中)의 취미로다
인가(人家)의 요긴한 일 장 담는 정사(政事)로다
소금을 미리 받아 법대로 담그리라
고추장 두부장도 맛맛으로 갖추 하소.

---

1) 누에 농사.
2) 비로 쓸고 물을 뿌려 깨끗하게 함.
3) 아가리가 좁은 바구니.
4) 채로 엮은 광주리.
5) 달풀로 엮은 발.
6) 7) 살구의 종류.
8) 복숭아의 한 종류.
9) 10) 11) 12) 접붙이는 방법.
13) 꽃다지가 푸른 것.
14) 매화의 한 종류.
15) 춥고 눈 오는 겨울.

전산(前山)에 비가 개니 살진 향채[1]캐오리라
삽주 두릅 고사리며 고비 도랏 어아리를
일분(一分)은 엮어 달고 이분은 묻혀 먹세
낙화(落花)를 쓸고 앉아 병술로 즐길 적에
산처[2]의 준비함이 가효[3]가 이뿐이라.

사월령(四月令)

사월이라 맹하(孟夏)되니 입하 소만 절기로다
비 온 끝에 별이 나니 일기(日氣)도 청화하다
떡갈잎 퍼질 때에 뻐국새 자로[4]울고
보리이삭 패어[5] 나니 꾀꼬리 소리한다
농사도 한창이요 잠농(蠶農)도 방장[6]이라
남녀노소 골몰하여 집에 있을 틈이 없어
적막한 대사립을 녹음(綠陰)에 닫았도다
면화를 많이 가소 방적(紡績)의 근본이다
수수 동부 녹두 참깨 부룩[7]을 적게 하소
갈 꺾어 거름할 제 풀 베어 섞어 하소

---

1) 향기 나는 나물.
2) 자기의 아내를 남에게 대하여 부르는 말.
3) 좋은 술 안주.
4) 자주의 옛말.
5) 보리이삭이 생겨어 나오니.
6) 한창.
7) 작물의 사이사이에 다른 농작물을 심는 일.

무논[1]을 써을이고[2] 이른모 내어 보세
농량(農糧)이 부족하니 환자[3] 타 보내리라
한 잠 자고 이는 누에[4] 하루도 열두 밤을
밤낮을 쉬지 말고 부지런히 먹이리라
뽕 따는 아이들아 훗그루 보아 하여[5]
고목(古木)은 가지 찍고 햇잎은 제쳐 따소
찔레꽃 만발하니 적은 가물 없을소냐
이 때를 승시하여[6] 나 할 일 생각하소
도랑 쳐 수도(水道)내고 우루처[7] 개와하여
음우(陰雨)를 방비하면 훗 근심 없나니
봄낳이[8] 필무명[9]을 이 때에 마전[10]하고
베 모시 형세(形勢)대로 여름옷 지어두소
벌통에 새끼 나니 새 통에 받으리라
천만이 일심하여 봉왕(蜂王)을 옹위하니
꿀 먹기도 하려니와 군신분의[11] 깨닫도다

---

1) 물이 있는 논.
2) 모를 내기 위하여 논바닥을 곤죽같이 만들고.
3) 가을 추수 때 갚기로 하고 봄에 관청에서 꾸어 가는 곡식.
4) 일어난 누에, 누에가 알에서 부화해서 고치를 만들 때까지 다섯 번 잠을 잠.
5) 나중에 딸 생각을 해서.
6) 때를 타 이용함.
7) 비가 새는 곳.
8) 봄에 짠 무명
9) 무명필.
10) 피륙을 바래서 희게 함.
11) 임금과 신하가 지켜야 할 도리.

파일[1]에 현등[2]함은 산촌에 불긴(不緊)하나
느티떡 콩찐 이는 제때의 별미(別味)로다
앞 내에 물이 주니 천렵(川獵)을 하여 보세
해 길고 잔풍하니 오늘 놀이 잘 되겠다.
벽계수(碧溪水) 백사장을 굽이굽이 찾아가니
수단화[3] 늦은 꽃은 봄빛이 남았구나.
촉고[4]를 둘러치고 은린촉적[5] 후려내어
반석(盤石)에 노구[6]걸고 솟구쳐 끓여내니
팔진미[7] 오후청[8]을 이 맛과 바꿀소냐

오월령(五月令)

오월이라 중하(中夏)되니 망종[9] 하지[10] 절기로다
남풍은 때 맞추어 맥추[11]를 재촉하니
보리밭 누른빛이 밤 사이 나겠구나
문 앞에 터를 닦고 타맥장[12] 하오리라

---

1) 석가여래의 탄생일인 음력 4월 8일.
2) 초파일에 등불을 켜놓는 일.
3) 찔레꽃.
4) 눈이 촘촘한 작은 그물.
5) 은빛으로 빛나는 싱싱하고 큰 물고기.
6) 작은 솥의 한 가지.
7) 중국에서 성대한 잔치상에 갖춘다고 하는 여덟 가지의 맛좋은 진기한 음식.
8) 아주 맛있는 음식.
9) 24절기의 하나로 양력 6월 5일경.
10) 24절기의 하나로 양력 6월 21일경.
11) 보리가 익을 시절.
12) 보리를 타작하는 마당.

드는 낫 베어다가 단단이 헤쳐 놓고
도리깨¹⁾ 마주 서서 짓내어²⁾ 두드리니
불고 쓴 듯하던 집안 졸연히³⁾ 흥성하다
담석에⁴⁾ 남은 곡식 하마 거의 진(盡)하리니
중간에 이 곡식이 신구생계⁵⁾하겠구나
이 곡식 아니러면 여름 농사 어찌할꼬
천심(天心)을 생각하니 은혜도 망극(罔極)하다
목동은 놀지 말고 농우(農牛)를 보살펴라
뜨물에 꼴 먹이고 이슬풀⁶⁾ 자로 뜯겨
그루갈이⁷⁾ 모 심으기 제 힘을 빌리로다
보릿짚 말리우고 솔가지 많이 쌓아
장마나루⁸⁾ 준비하여 임시 걱정 없이 하소
잠농을 마칠 때에 사나이 힘을 빌어
누에섶⁹⁾도 하려니와 고치나무¹⁰⁾ 장만하소
고치를 따오리라 청명한 날 가리어서

---

1) 보리를 타작하는 농기구.
2) 흥에 겨워 멋을 부림.
3) 갑자기.
4) 한두 섬의 적은 곡식.
5) 묵은 곡식이 다 떨어지고 햇곡식이 나올 동안 보리가 양식이 되어
   준다는 말.
6) 이슬 묻은 풀. 아침 일찍 꼴을 뜯는다는 말.
7) 곡식 한 그루를 거두고 두 번째 짓는 농사. 한 땅에 두 번 짓는 농사.
8) 장마 때에 땔나무.
9) 누에가 고치를 만들 때에 넣어주는 나뭇가지나 짚.
10) 고치를 삶기 위한 땔나무.

발 위에 얇게 널고 폭양(曝陽)에 말리우니
쌀고치 무리고치 누른 고치 흰 고치를
색색이 분별하여 일이분(一二分) 씨[1]를 두고
그 나머지 켜오리라[2] 자애[3]를 차려 놓고
왕채[4]에 올려내니 빙설(氷雪) 같은 실오리라
사랑스럽다 자애 소리 금슬(琴瑟)[5]을 고르는 듯
부녀들 적공[6] 들여 이 재미 보는구나
오월 오일 단오(端午)날에 물색이 생신(生新)하다
외밭에 첫물 따니 이슬에 젖었으며
앵두 익어 붉은 빛이 아침 볕에 바희[7]도다
목맺힌 영계[8] 소리 익임벌[9]로 자로 운다
향촌의 아녀(兒女)들아 추천[10]은 말려니와
청홍상[11] 창포비녀[12] 가절(佳節)을 허송마라
노는 틈에 하올 일이 약쑥이나 베어 두소

---

1) 누에의 알.
2) 실을 뽑겠노라.
3) 고치에서 실을 뽑을 때 실을 감는 기구. 자새.
4) 고치를 켤 때에 실을 뽑아 올려 감는 물레 비슷한 제구.
5) 거문고와 비파.
6) 공을 쌓음.
7) 눈이 부시도다의 옛말.
8) 병아리보다 조금 큰 닭.
9) 연습삼아.
10) 그네.
11) 푸른 치마와 붉은 치마.
12) 창포의 뿌리로 만든 비녀.

상천이 지인하사[2] 유연히 작운하니[2]
때미처 오는 비를 뉘 능히 막을 소냐
처음에 부슬부슬 먼지를 적신 후에
밤 들어 오는 소리 패연히[3] 드리운다
관솔불[4] 둘러 앉아 내일 일 마련할 제
뒷논은 뉘 심으고 앞밭은 뉘가 갈꼬
도롱이[5] 접사리며 삿갓은 몇 벌인고
모찌기[6]는 자네 하고 논삶기[7]는 내가 함세
들깻모 담뱃모는 머슴아이[8] 맡아내고
가짓모 고춧모는 아기딸이 하려니와
맨드라미 봉숭아는 네 사천[9] 너무 마라
아기어멈 방아 찧어 들바라지 점심하소
보리밥 과찬국에 고추장 상치쌈을
식구를 헤아리며 넉넉히 능[10]을 두소
샐 때에 문에 나니 개울에 물 넘는다
매나리[11] 화답(和答)하니 격양가[12] 아닌던가

1) 이 지인(至人)하사 : 하느님이 인자하시어.
2) 뭉게뭉게 구름이 일어.
3) 흡족히. 비가 주룩주룩 내리는 모양.
4) 관솔에 붙인 불.
5) 짚이나 띠풀로 엮어 만든 우비(雨備).
6) 모내기 위하여 모판에서 모를 뽑는 말.
7) 모내기 위하여 논바닥을 곤죽처럼 만드는 일.
8) 사내아이를 일컬음.
9) 부녀자들이 즐김.
10) 여유를 두어.
11) 농부가(農夫歌)의 한 종류.
12) 태평 세월을 즐기어 부르는 노래.

유월령(六月令)

유월이라 계하[1] 되니 소서 대서 절기로다
대우[2]도 시행하고 더위도 극심하다
초목이 무성하니 파리 모기 모여들고
평지에 물이 괴니 악머구리[3] 소리 난다
봄보리 밀 귀리를 차례로 베어 내고
늦은 콩 팥 조 기장을 베기 전 대우 들여[4]
지력(地力)을 쉬지 말고 극진히 다스리소
젊은이 하는 일이 김매기뿐이로다
논밭을 갈마들여[5] 삼사차(三四次) 돌려 맬 제
그 중에 면화밭은 인공(人功)이 더 느나니
틈틈이 나물밭도 북돋아 매 가꾸소[6]
집터 울밑 돌아가며 잡풀을 없게 하소
날 새면 호미 들고 긴긴 해 쉴 새 없이
땀 흘려 흙이 젖고 숨 막혀 기진(氣盡)할 듯
때마침 점심밥이 반갑고 신기(新奇)하다

---

1) 늦은 여름.
2) 큰 비.
3) 몹시 시끄럽게 울어대는 개구리.
4) 농작물 사이에 다른 작품을 심어.
5) 번갈아 들어가게 하여.
6) 김을 매고 가꿉시다.

정자나무 그늘 밑에 좌차[1]를 정한 후에
점심 그릇 열어 놓고 보리 단술[2] 먼저 먹세
반찬이야 있고 없고 주린 창자 메운 후에
청풍(淸風)에 취포[3]하니 잠시간 낙(樂)이로다
농부야 근심마라 수고하는 값이 있네
오조[4] 이삭 청대콩[5]이 어느 사이 익었구나
일로[6] 보아 짐작하면 양식 걱정 오랠소냐
해진 후 돌아올 제 노래 끝에 웃음이라
애애한[7] 저녁 내는 산촌에 잠겨 있고
월색은 몽롱하여 발길에 비최거다
늙은이 하는 일도 바이야[8] 없다 하랴
이슬 아침 외 따기와 뙤약볕에 보리널기
그늘 곁에 누역치기[9] 창문 앞에 노꼬기라
하다가 고달프면 목침(木枕) 베고 허리 쉬움
북창풍에 잠을드니 회황씨[10] 적 백성이라

---

1) 앉은 차례.
2) 보리로 만든 식혜.
3) 취하고 배가 부름.
4) 일찍 익는 조.
5) 덜 익어서 완전히 마르지 않은 푸른 콩.
6) 이것으로 미루어 보아.
7) 안개나 연기가 자욱이 낀 모양.
8) 전혀.
9) 도롱이 만들기.
10) 중국 고대의 전설적인 임금으로 태평한 세월로 백성들이 잘 살았음.

잠 깨어 바라보니 급한 비 지나가고
먼 나무에 쓰르라미 석양을 재촉한다.
노파의 하는 일은 여러가지 못 하여도
묵은 솜 들고 앉아 알뜰히 피워 내니
장마 속의 소일(消日)이요 낮잠자기 잊었도다
삼복¹⁾은 속절²⁾이요 유두³⁾는 가일(佳日)이라
원두밭⁴⁾에 참외 따고 밀 갈아 국수하여
가묘⁵⁾에 천신⁶⁾하고 한때 음식 즐겨보세
부녀는 헤피 마라 밀기울 한데 모아
누룩을 디디어라 유두곡⁷⁾을 혀느리라⁸⁾
호박나물 가지김치 풋고추 양념하고
옥수수 새 맛으로 일 없는 이 먹어 보소
장독을 살펴보아 제맛을 잃지 마소
맑은 장 따로 모아 익는 족족 떠내어라
비 오면 덮기 신칙⁹⁾ 독전¹⁰⁾을 정(淨)히 하소

---

1) 초복(初伏), 중복(中伏), 말복(末伏).
2) 철을 따라 사당이나 선영(先塋)에 차례(茶禮)를 지내는 명절.
3) 음력 6월 15일.
4) 참외·오이·수박 등 과일을 심는 밭.
5) 집안 조상을 모신 사당.
6) 새로 나온 곡식을 사당에 먼저 올리는 일.
7) 음력 6월 15일에 만든 누룩.
8) 치느리라.
9) 타일러서 경계함.
10) 독 아가리의 가장자리.

남북촌(南北村) 합력하여 삼구덩이[1] 하여보세
삼대를 베어 묶어 익게 쪄 벗기리라
고운 삼 길쌈하고 굵은 삼 바 드리소[2]
농가에 요긴하기로 곡식과 같이 치네
산전 메밀 먼저 갈고 포전(浦田)은 나중 가소

칠월령(七月令)

칠월이라 맹추(孟秋)되니 입추 처서 절기로다
화성(火星)은 서류[3]하고 미성[4]은 중천(中天)이라
늦더위 있다 한들 절서[5]야 속일소냐
비밑[6]도 가비업고 바람끝도 다르도다
가지 위의 저 매아미[7] 무엇으로 배를 불려
공중에 맑은 소리 다투어 자랑는고
칠석[8]에 견우 직녀 이별루(離別淚)[9]가 비가 되어
섞인[10] 비 지나가고 오동잎 떨어질 제

---

1) 삼을 찌기 위하여 파는 구덩이.
2) 밧줄을 꼽시다.
3) 서쪽으로 흐름.
4) 무저울. 28수의 하나.
5) 절기의 차례.
6) 비온 뒤끝.
7) 매미.
8) 음력 7월 7일.
9) 이별할 때 서러워 흘리는 눈물.
10) 뚝뚝 흩어져 성기게 내리는 비.

아미[1] 같은 초승달은 서천(西天)에 걸리거다
슬프다 농부들아 우리 일 거의로다
얼마나 남았으면 어떻게 되다[2] 하노
마음을 놓지 마소 아직도 멀고 멀다
골 거두어 김매기 벼 포기에 피 고르기
낫 버려 두렁깎기 선산[3]에 벌초(伐草)하기
거름풀 많이 베어 더미지어 모아 놓고
자채논[4]에 새 보기와 오조밭은 정의아비[5]
밭 가에 길도 닦고 복사[6]도 쳐 올리소
살지고 연한 밭에 거름하고 익게[7] 갈아
김장할 무우 배추 남 먼저 심어 놓고
가시 울 진작 막아 서실함[8]이 없게 하소
부녀들도 헴[9]이 있어 앞일을 생각하고
베짱이 우는 소리 지네를 위함이라
저 소리 깨쳐 듣고 놀라서 다스리소
장마를 겪었으니 집안을 돌아보아

---

1) 누에나방의 눈썹. 아름다운 눈썹.
2) 되었다고 할까.
3) 조상의 무덤.
4) 일찍 여무는 벼를 심는 논.
5) 허수아비.
6) 물에 밀려 와서 논밭에 쌓인 흙.
7) 깊게.
8) 흐지부지 잃어버림.
9) 헤아림.

곡식도 거풍(擧風)하고 의복도 포쇄[1]하소
명주오리 어서 몽겨 생량[2]전 짜아 내고
늙은신이 기쇠[3]하매 환절(換節) 때를 조심하여
추량(秋涼)이 가까우니 의복을 유의하소
빨래하여 바래이고 풀 먹여 다담을 제
월하(月下)의 방추[4] 소리 소리마다 바쁜 마음
실가[5]의 골몰함이 일변(一邊)은 재미로다
소채 과실 흔할 적에 저축을 생각하여
박 호박 고지 켜고 외 가지 짜게 절여
겨울에 먹어 보소 귀물(貴物)이 아니될까
면화밭 자로 살펴 올다래[6] 피었는가
가꾸기도 하려니와 거두기에 달렸느니

팔월령(八月令)

팔월이라 중추[7]되니 백로 추분 절기로다
북두성[8] 자로 돌아 서천(西天)을 가리키니
선선한 조석(朝夕)기운 추의[9]가 완연하다

---

1) 햇볕을 쬠.
2) 서늘한 바람이 일기 전.
3) 기운이 쇠약함.
4) 방망이 소리.
5) 부녀자.
6) 일찍 익은 다래.
7) 한가을.
8) 북두칠성. 북극성을 중심으로 1년에 한 바퀴 돔.
9) 가을의 서늘한 기분.

귀뚜라미 맑은 소리 벽간(壁間)에 들리누나
아침에 안개 끼고 밤이면 이슬 내려
백곡은 성실(誠實)하고 만물을 재촉하니
들구경 돌아보니 힘들인 일 공생(功生)하다
백곡의 이삭 패고 여물 들어 고개 숙어
서풍(西風)에 익은 빛은 황운[1]이 일어난다
백설 같은 면화송이 산호(珊瑚) 같은 고추다래[2]
처마에 널었으니 가을 볕 명랑하다
안팎 마당 닦아 놓고 발채[3] 망구 장만하소
면화 따는 다래끼에 수수 이삭 콩 가지요
나뭇꾼 돌아올 제 너루 다래 산과(山果)로다
뒷동산 밤 대추는 아이들 세상이라
알밤 모아 말리어라 철대어 쓰게 하소
명주(明紬)를 끊어내어 추양(秋陽)에 마전하고
쪽[4] 들이고 잇[5] 들이니 청홍(靑紅)이 색색이라
부모님 연만(年晚)하니 수의[6]를 유의하고
그 나마 마르재어 자녀의 혼수(婚需)하세

---

1) 누렇게 익은 곡식을 비유한 말.
2) 고추송이.
3) 물건을 운반하는 데 쓰는 농기구.
4) 푸른 물.
5) 붉은 물.
6) 죽은 사람에게 입히는 옷.

집 위의 굳은 박은 요긴한 기명(器皿)이라
대싸리 비를 매어 마당질에 쓰오리라
참깨 들깨 거둔 후에 중오려[1] 타작하고
담뱃줄 녹두말을 아쉬워 작전[2]하랴
장 구경도 하려니와 흥정할 것 잊지 마소
북어쾌 젓조기[3]로 추석 명일(名日) 쇠어 보세
신도주[4] 오려송편[5] 박나물 토란국을
선산(先山)에 제물하고 이웃집 나눠 먹세
며느리 말미[6]받아 본집에 근친[7] 갈 제
개 잡아 삶아 건져 떡고리와 술병이라
초록 장옷[8] 반물[9] 치마 장속[10]하고 다시 보니
여름지어 지친 얼굴 소복(蘇復)이 되었느냐
중추야(仲秋夜) 밝은 달에 지기[11] 펴고 놀고 오소
금년 할 일 못다 하여 명년 계교(計較)하오리라
밀대 베어 더운갈이 모맥(暮麥)을 추경하세

---

1) 늦벼보다 조금 일찍 익는 벼.
2) 물건을 팔아 돈을 장만함.
3) 젓을 담그는 조기.
4) 햅쌀로 빚은 술.
5) 올벼로 빚은 송편.
6) 휴가.
7) 친정 부모를 뵈러 감.
8) 부녀자들이 외출할 때 머리에서부터 내리쓰이는 옷.
9) 짙은 남빛 치마.
10) 몸이나 옷을 꾸며 차림.
11) 지개를 펴고.

끝끝이 못 익어도 급한 대로 걷고 가소
인공(人功)만 그러할까 천시(天時)도 이러하니
반각(半刻)도 쉴 때 없이 마치며 시작느니

구월령(九月令)

구월이라 계추[1]되니 한로 상강 절기로다
제비는 돌아가고 떼기러기 언제 왔노
벽공[2]에 우는 소리 찬 이슬 재촉는다
만산[3]의 풍엽(楓葉)은 연지[4]를 물들이고
울밑의 황국화(黃菊花)는 추광(秋光)을 자랑한다
구월 구일 가절(佳節)이라 화전[5]하여 천신(薦新)하세
절서를 따라가며 추원 보은[6] 잊지 마소
물색(物色)은 좋거니와 추수(秋收)가 시급하다
들마다 집마당에 개상[7]에 탯돌[8]이라
무논은 베어 깔고 건답(乾畓)은 베 두드려
오늘은 점근벼[9]요 내일은 사발벼[10]라
밀따라[11] 대추벼[12]와 동트기[13] 경상벼[14]라

---

1) 늦가을.
2) 푸른 하늘.
3) 온 산.
4) 붉은 물감.
5) 꽃잎을 쌀가루와 함께 빈대떡처럼 부친 것.
6) 조상의 은혜에 보답함.
7) 농기구의 하나.
8) 타작할 때에 쓰는 농기구의 하나.
9) 늦벼의 한 가지
10) 11) 12) 13) 14) : 벼의 한 종류

들에는 조 피 더미 집 근처 콩 팥 가리
벼타작 마친 후에 틈나거든 두드리세
비단조차 이부꾸리 매눈이콩 황부대를
이삭으로 먼저 잘라 후씨[1]로 따로 두소
젊은이는 태질[2]이요 계집사람 낫질이라
아이는 소 몰리고 늙은이는 섬 욱이기
이웃집 울력[3]하여 제 일하듯 하는 것이
뒷목 추기[4] 짚 널기와 마당 끝에 키질하기
일변으로 면화 트니 씨아소리[5] 요란하다
틀 차려 기름짜기 이웃끼리 합력하세
등유(燈油)도 하려니와 음식도 맛이 나네
밤에는 방아 찧어 밥쌀을 장만할 제
찬서리 긴긴 밤에 우는 아기 돌아볼까
타작(打作) 점심 하오리라 황계[6] 백주(白酒) 부족할까
새우젓 계란찌개 상찬[7]으로 차려 놓고
배춧국 무나물에 고추잎 장아찌라
큰 가마에 앉힌 밥이 태반이나 부족하다

---

1) 뒷날 사용할 종자.
2) 볏단을 메어 치는 것.
3) 여럿이 힘을 합쳐 일을 함.
4) 타작할 때 벼를 털고 마당에 쳐진 곡식을 후어내는 일.
5) 목화의 씨를 빼 내는 데 쓰는 농기구의 소리.
6) 누른 닭.
7) 훌륭하게 차린 음식.

한가을 흔할 적에 과객¹⁾도 청하나니
한 동네 이웃하여 한 들에 농사하니
수고도 나눠하고 없는 것도 서로 도와
이 때를 만났으니 즐기기도 같이 하세
아무리 다사(多事)하나 농우(農牛)를 보살펴라
팟대에 살을 찌워 제 공을 갚을지라

시월령(十月令)

시월은 맹동(孟冬)이라 입동 소설 절기로다
나뭇잎 떨어지고 고니 소리 높이 난다
듣거라 아이들아 농공²⁾을 필하도다
남의 일 생각하여 집안 일 마저 하세
무우 배추 캐어 들여 김장을 하오리라
앞 냇물에 정히 씻어 염담³⁾을 맞게 하소
고추 마늘 생강 파에 젓국지⁴⁾ 장아찌라
독 곁에 중두리⁵⁾요 바탕⁶⁾이 항아리라
양지에 가가(假家) 짓고 짚에 싸 깊이 묻고
박이무우⁷⁾ 알밤말⁸⁾도 얼잖게 간수하소

---

1) 지나가는 나그네.
2) 농사짓는 일.
3) 간. 짠맛과 싱거운 맛.
4) 조기 젓국을 넣어 만든 김치.
5) 독보다 조금 작고 배가 부른 오지 그릇.
6) 중두리보다 조금 작은 오지 그릇.
7) 장다리무우. 씨를 받기 위하여 이듬해 봄에 심음.
8) 한 말쯤 되는 알밤.

방고래 구들질¹⁾과 바람벽 맥질²⁾하기

창호(窓戶)도 발라 놓고 쥐구멍도 막으리라

수숫대로 터울³⁾하고 외양간에 떼적 치고

깍짓동⁴⁾ 묶어 세고 과동시⁵⁾ 쌓아 두소

우리집 부녀들아 겨울 옷 지었느냐

술 빚고 떡 하여라 강신⁶⁾날 가까왔다

꿀 꺾어 단자⁷⁾하고 메밀 앗아⁸⁾ 국수하소

소 잡고 돝 잡으니 음식이 풍비(豐備)하다

들마당에 차일(遮日)치고 동네 모아 자리 포진⁹⁾

노소 차례 틀릴세라 남녀 분별 각각 하소

삼현¹⁰⁾ 한패 얻어 오니 화랑¹¹⁾이 줌모¹²⁾지라

북 치고 피리 부니 여민락¹³⁾이 제법이라

---

1) 방고래를 청소하는 일.
2) 벽거죽에 매흙을 바르는 일.
3) 집터 둘레에 치는 울타리.
4) 수숫대로 둥그렇게 엮은 다음 콩깍지를 넣어 세운 것.
5) 겨울에 뗄 나무.
6) 마을 사람들이 모여서 동네일을 의논하고 노는 일.
7) 찹쌀가루를 삶아 둥글게 빚어 꿀을 바르고 고물을 묻힌 떡.
8) 앗아 : 껍질 벗겨.
9) 포진(鋪陳) : 자리를 까는 것.
10) 삼현(三絃) : 세 가지의 악기, 곧 거문고, 가야금, 당비파.
11) 화랑 : 광대.
12) 줌모 : 기생이나 놀기 좋아하는 사람의 행상.
13) 여민락(與民樂) : 〈龍飛御天歌〉를 가사로 한 음악.

이풍헌[1] 김첨지[2]는 잔말 끝에 취도[3]하고
최권농[4] 강약정[5]은 체괄이[6] 춤을 춘다
잔진지[7]하올 저에 동장님 상좌(上座)하여
잔 받고 하는 말씀 자세히 들어 보소
어와, 오늘 놀음 이 놀음이 뉘 덕인고
천은(天恩)도 그지없고 국은(國恩)도 망극하다
다행히 풍년 만나 기한(飢寒)을 면하도다
향약(鄕約)은 못하여도 동헌[8]이야 없을소냐
효제[9] 충신 대강 알아 도리를 잃지 마소
사람의 자식되어 부모 은혜 모를소냐
자식을 길러보면 그제야 깨달으리
천신만고 길러내어 남혼여가[10] 필하오면
제 각각 몸만 알아 부모 봉양 잊을소냐
기운이 쇠패(衰敗)하면 바라느니 젊은이라
의복 음식 잠자리를 각별히 살펴 드려
행여나 병 나실까 밤낮으로 잊지 마소

---

1) 이풍헌(李風憲) : 면이나 리(里)의 일을 맡아보는 직책.
2) 김첨지(金僉知) : 첨지중추부사의 준말. 여기서는 존대의 뜻.
3) 취도(醉倒) : 취해서 넘어짐.
4) 지방의 방(坊)이나 면(面)에 속하여 농사를 권장하는 직책.
5) 향약(鄕藥)의 우두머리.
6) 춤의 일종.
7) 술잔을 드림.
8) 마을 사람들이 서로 지켜야 할 규칙.
9) 부모에 대한 효도와 형제간의 우애.
10) 아들·딸의 혼인.

고까우신 마음으로 걱정을 하실 적에
중중거려 대답 말고 화기(和氣)를 풀어 내소
들어온 지어미[1]는 남편의 거동 보아
그대로 본을 뜨니 보는 데 조심하소
형제는 한 기운이 두 몸에 나눴으니
귀중하고 사랑함이 부모의 마음이라
간격 없이 한통치고[2] 네것 내것 계교(計較) 마소
남남끼리 모인 동서(同棲) 틈나서 하는 말을
귀에 담아 듣지 마소 자연히 귀순(歸順)하리
행신에[3] 먼저 할 일 공순(恭順)이 제일이라
내 늙은이 공경할 제 남의 어른 다를소냐
말씀을 조심하여 인사를 잊지 마소
하물며 상하분[4]의 존비(尊卑)가 현격하다
내 도리 극진하면 죄책을 아니 보리
임금의 백성 되어 은덕(恩德)으로 살아가니
거미 같은 우리 백성 무엇으로 갚아 볼까
일년의 환자(還子) 신역 그 무엇 많다 할꼬
한전(限前)에 필납함이 분의(分義)에 마땅하다
하물며 전답[5] 구실 토지로 분등(分等)하니

---

1) 아내의 낮춤말.
2) 한데 합치고.
3) 처신(處身). 몸가짐.
4) 웃사람과 아랫사람이 지켜야 할 도리.
5) 농사에 따른 세금.

소출(所出)을 생각하면 십일세도[1] 못 되나니
그러나 못 먹으면 재(災)주어 탕감하니[2]
이런 일 자세 알면 왕세[3]를 거납[4]하랴
한 동네 몇 호수에 각성(各姓)이 거생하여
신의(信義)를 아니하면 화목을 어찌할꼬
혼인대사 부조(扶助)하고 상장(喪葬) 우환 보살피며
수화도적[5] 구원하고 유무칭대[6] 서로 하여
나 보다 요부(饒富)한 이 용심내어[7] 시비 말고
그 중에 환고고독[8] 자별히 구휼(救恤)하소
제 각기 정한 분복(分福) 억지로 못 하나니
자네들 헤어 보아 내 말을 잊지 마소
이대로 하여 가면 잡생각 아니 나리
주색잡기[9] 하는 사람 초두(初頭)부터 그러할까
우연히 그릇 들어 한 번 하고 두 번 하면
마음이 방탕하여 그칠 줄 모르나니
자네들 조심하여 적은 허물 짓지 마소

---

1) 수입의 1할을 내는 세금.
2) 면제하다.
3) 임금에게 바치는 세금.
4) 세금내기를 거절함.
5) 수재(水災)와 화재와 도둑 또는 떼도둑.
6) 있는 사람이 없는 사람에게 꾸어 줌.
7) 욕심.
8) 외로운 사람. 〈환〉은 늙은 홀아비, 〈과〉는 늙은 과부, 〈고〉는 어린 고
   아, 〈독〉은 늙고 자식 없는 사람.
9) 주색과 못된 노름.

십일월령(十一月令)

십일월은 중동(中冬)이라 대설 동지 절기로다
바람 불고 서리 치고 눈 오고 얼음 언다
가을에 거둔 곡식 얼마나 하였던고
몇 섬은 환자[1]하고 몇 섬은 왕세(王稅)하고
얼마는 제반미[2]이요 얼마는 씨앗이며
도지[3]도 되어내고 품값도 갚으리라
시계돈[4] 장리벼[5] 낱낱이 수쇄[6]하니
엄부렁[7]하던 것이 나머지 바이 없다.
그러한들 어찌할꼬 농량(農糧)이나 여투리라[8]
콩기름 우거지로 조반석죽[9] 다행하다
부녀야 네 할 일이 메주 쑬 일 남았구나
익게 삶고 매우 찧어 띄워서 재워 두소
동지는 명일(名日)이라 일양(一陽)이 생하도다
시식[10]으로 팥죽 쑤어 인리(隣里)와 즐기리라

---

1) 각 고을의 사창(社倉)에서 봄에 백성에게 꾸어 주었던 곡식을 가을에
   받아 들이는 일.
2) 제사 때 밥 짓는 쌀.
3) 지주(地主)에게 바치는 토지세.
4) 시장 상인들이 모은 계에서 꾸어온 곗돈에 대한 이자.
5) 봄에 꾼 벼를 5할의 이자와 함께 가을에 갚는 벼.
6) 수습. 여기서는 계산을 끝낸다는 뜻.
7) 속은 텅비고 겉으로만 많은 것.
8) 아껴 쓰고 나머지는 저축하리라.
9) 아침에는 밥을 먹고 저녁에는 죽을 먹음.
10) 어떤 때를 맞아 해 먹는 특별한 음식.

새 책력[1] 반포(頒布)하니 내년 절후(節候) 어떠한고
해 짧아 덧이 없고 밤 길기 지리하다
공채(公債) 사채 궁(弓) 당하니 관리 면임 아니 온다
시비(柴扉)를 닫았으니 초옥(草屋)이 한가하다
단구(短具)에 조석하니 자연히 틈 없나니
등잔불 긴긴 밤에 길쌈을 힘써 하소
베틀 곁에 물레 놓고 틀고 타고 잣고 짜네
자란 아이 글 배우고 어린아이 노는 소리
여러 소리 지껄이니 실가(室家)의 재미로다
늙은이 일 없으니 기직[2]이나 매어 보세
외양간 살펴보아 여물을 가끔 주소
깃[3] 주어 받은 두엄 자로 쳐야 모이나니

십이월령(十二月令)

십이월은 계동(季冬)이라 소한 대한 절기로다
설중(雪中)의 봉만[4]들은 해저문 빛이로다
세전[5]에 남은 날이 얼마나 걸렸는고
집안의 여인들은 세시의복[6] 장만하고

---

1) 천문(天文)과 계절 관계 등을 책으로 낸 달력.
2) 왕골껍질 따위로 올이 굵게 짠 돗자리.
3) 외양간이나 돼지우리에 넣어주는 짚.
4) 산봉우리.
5) 새해 전.
6) 설날에 입는 새옷.

무명 명주 끊어내어 온갖 무색[1] 들여내니
진주[2] 보라 송화색[3]에 청화[4] 갈매[5] 옥색이라
일변(一邊)으로 다듬으며 일변으로 지어내니
상자에도 가득하고 횃대[6]에도 걸었도다
입을 것 그만 하고 음식 장만 하오리라
떡쌀은 몇 말이며 술쌀은 몇 말인고
콩 갈아 두부하고 메밀쌀은 만두 빚소
세육[7]은 계(契)를 믿고 북어는 장에 가서
납평일[8] 창애[9] 묻어 잡은 꿩 몇 마린고
아이들 그물 쳐서 참새도 지져 먹세
깨강정 콩강정에 곶감 대추 생률(生栗)이라
주준[10]에 술 들이니 돌 틈에 새암 소리[11]
앞뒷집 타병성[12]은 예도 나고 제도 나네

---

1) 물감을 들인 빛깔.
2) 진한 빨강.
3) 송화와 같은 엷은 노란색.
4) 파랑색.
5) 짙은 초록색.
6) 옷을 걸어 놓기 위하여 벽에 옆으로 달아 놓은 막대기.
7) 설에 쓰는 고기.
8) 동지를 지나서 세 번째 되는 미일(未日).
9) 짐승을 유인하여 잡는 기구.
10) 술통.
11) 샘물에 흐르는 소리. 술독에 술이 괴는 소리를 비유한 것.
12) 떡 치는 소리.

새 등잔 새발심지[1] 장등[2]하여 새울 적에
윗방 봉당[3] 부엌까지 곳곳이 명랑하다
초롱불 오락가락 묵은 세배(歲拜) 하는구나
어와! 내 말 듣소 농업이 어떠한고
종년근고[4] 한다 하나 그 중에 낙이 있네
위으로 국가봉용(國家奉用) 사계(私季)로 제선봉친[5]
형제 처자 혼상대사(婚喪大事) 먹고 입고 쓰는 것이
토지소출 아니러면 돈지당[6] 뉘가 할꼬
예로부터 이른 말이 농업이 근본이라
배 부려 선업[7]하고 말 부려 장사하기
전답 잡고 빚 주기와 장판에 체계[8]놓기
술장사 떡장사며 술막질[9] 가게보기
아직은 흔전[10]하나 한번을 실수하면
파락호[11] 빚꾸러기 살던 곳 터도 없다
농사는 믿는 것이 내 몸에 달렸느니

---

1) 종이나 실로 밑을 새발처럼 세 갈래로 꼬아 만든 심지.
2) 밤 새도록 불을 켜 둠.
3) 안방과 건넌방 사이의 흙바닥.
4) 일년 내내 애를 씀.
5) 조상에게 제사지내고 부모를 봉양함.
6) 돈 감당.
7) 선박업.
8) 장에서 돈을 비싼 이자로 꾸어 주고 장날마다 이자를 받는 일.
9) 주막을 차려 놓고 술장사를 하는 일.
10) 풍성한 듯하나.
11) 집안 재산이 기울어져서 거덜난 사람.

절기(節氣)도 진퇴 있고 연사[1]도 풍흉 있어
수한(水旱) 풍박[2] 잠시 재앙 없기야 하랴마는
극진히 힘을 들여 가솔(家率)이 일심하면
아무리 실년에도 아사(餓死)를 면하느니
제 시골 제 지키어 소동[3]할 뜻 두지 마소
황천(黃天)이 인자하사 노하심도 일시로다
자네도 헤어 보아 십년을 가령(假令)하면
칠분(七分)은 풍년이오 삼분은 흉년이라
천만 가지 생각 말고 농업을 전심(專心)하소
하소정[4] 빈풍시[5]를 성인(聖人)이 지었으니
이 뜻을 본받아서 대강을 기록하니
이 글을 자세히 보아 힘쓰기를 바라노라.

---

1) 해마다 치르는 일. 여기서는 농사.
2) 바람과 우박.
3) 웅성거리고 움직임. 여기서는 제 고장을 떠나는 일.
4) 책 이름.
5) 詩經의 한 詩篇.

북천가(北遷歌)

김진형(金鎭衡)

명천 유배지에서 생활과 돌아오는 길에 보고 경험한 것을 읊은 것이다. 즉 귀양살이에서 느낄 수 있는 고통·즐거움·인정 등을 비교적 세밀히 묘사했을 뿐만 아니라, 칠보산(七寶山) 탐승(探勝)과 기녀(妓女) 군산월(君山月)과의 연연한 사랑이 전편에 그려져 있다. '일동장유가(日東壯遊歌)' '연행가(燕行歌)'와 더불어 기행(紀行)가사문학으로 높이 평가되는 작품이다.

세상에 사람들아 이내 말씀 들어보소
과거를 하거들랑 청춘에 아니하고
오십에 등과(登科)하여 백수홍진[1] 무슨일고
공명(公明)이 되지나마 행세나 약바르게
무단이 내달아서 소인의 적(敵)이 되어
부월을 무릅쓰고 천정[2]에 상소하니
이전으로 보게되면 빛나고 옳건만은
요요한 이 세상에 남다른 일이로다
소(疏) 한 장 오르면서 만조(萬朝)가 울울하다
어와 황송할사 천위(天威)가 진노하니

---

1) 머리털이 희게 된 나이에 세상의 고생을 겪게 됨.
2) 궁궐.

약탈관직[1]하시면서 엄치(嚴治)하고 식중하니
운박[2]한 이 신명이 고국을 돌아갈 새
추풍(秋風)에 배를 타고 강회(江回)로 향하다가
남수작 상조끝에 명천 정배[3] 놀랍도다
적소(適所)로 치행하니 한파한파[4] 고이하다
장망(帳惘)한 행색으로 동문에서 대죄하니
가향(家鄕)은 적막하고 명천이 이천 리라
두루마기 한띠매고 북천(北天)을 향했으니
사고무친[5] 고독단신 죽는 줄 뉘가 아랴
사람마다 당케되면 울음이 나지마는
국은(國恩)을 갚을지라 쾌함[6]도 쾌할시고
인신(人臣)이 되어다가 소인을 참소[7]하고
엄지[8]를 봉승하여 절역[9]을 가는사람
천고의 몇몇이며 아조(我朝)에 그 뉘런고
칼집고 일어서서 술먹고 춤을 추니
천리적객(千里謫客)이라 장부도 다울시고
좋은 듯이 말을 하니 명천이 어디메야

---

1) 관직을 빼앗고 파면시키는 것.
2) 운수가 좋지 않음.
3) 귀양.
4) 찬 바다 파도.
5) 의지할 사람이 없는 외로운처지.
6) 유쾌하기도 유쾌하구나.
7) 모함.
8) 임금의 엄한 분부.
9) 아주 멀리 떨어진 곳.

더위는 홍로(紅爐)같고 장마는 극악(極惡)한데
노자는 되서우고 이 명월(明月) 내달아서
다락원 잠깐지나 축성령 넘어서니
북천이 멀어간다
슬프다 이내 몸이 영주각 신선(神仙)으로
나날이 책을 끼고 천일을 모시다가
일조(一朝)에 정을 떼어 천애(天涯)로 가겠구나
규중을 첨망(瞻望)하니 운연(雲煙)이 아득하다
종남¹⁾은 아아하여 몽상(夢上)에 마련하다
밥 먹으면 길을 가고 잠을 깨면 길을 떠나
물 건너고 재를 넘어 십 리 가고 백 리 가니
양주(楊州)땅 지난 후에 표원읍 길가 있소
천원자경 밟은 후에 정평읍 건너가서
김화김성 지난 후에 화양읍 막죽이라
강원도 북관(北關) 길이 듣기보기 같구나
회양서 중화하고 철령을 향해 가니
천험한 청산이오 촉도랑은 길이로다
요란한 운무 중에 일색이 그지나니
철령을 넘는구나 남여²⁾를 잡아타고
수목(樹木)은 울밀하여 천일(天日)을 가리우고
암석(岩石)은 층층하여 엎어지고 자빠지고
중허리에 못올라서 황흥이 거리로다

---

1) 일명 목멱산(木覓山). 서울의 남산(南山).
2) 뚜껑이 없는 의자와 비슷한 가마.

상상봉 올라서니 초경(初更)이 되었구나
일행이 허기져서 기장떡 사 먹으니
떡맛이 이상하고 향기있고 아름답다
횃불을 신칙하고 화광중(火光中) 내려가니
남북을 모르는데 산형(山形)을 어이 알리
삼경(三更)에 산에 내려 탄막[1]에 잠을 자고
새벽에 떠나니 안변읍 어디메요
한 일 없는 내 신세야 북도적객[2] 되었도다
함경도 초면(初面)이요 아태조(我怠祖) 고토로다
산천이 광활하고 수목이 만천한데
안변읍 들어가니 본관(本官)이 나오면서
포진병장[3] 신칙(申飭)하고 음식을 공괴하니
원산(元山)이 여기인가 인가(人家)도 굉장하다
바다소리 요란한데 물화(物貨)도 장할시고
영흥(永興)읍 들어가니 웅장하고 가려하다
태조대왕[4] 타개로서 총총가거[5] 뿐이로다
금수산천 그림 중에 바다같은 관새로다
선관(船官)이 즉시 나와 치하하고 관대하여
점심상 보는 후에 채병화연[6] 등대하니

---

1) 숯을 굽는 사람들이 임시로 기거(起居)하기 위해서 지은 움막.
2) 북쪽으로 귀양가는 사람.
3) 자리를 깔고 병풍을 침.
4) 이조(李朝)의 시조(始祖) 이성계(李成桂).
5) 아름다운 집.
6) 채색을 한 병풍과 꽃돗자리.

죄명이 몸에 있어 치하하고 환송한 후
고원읍 들어가니 본수령[1] 오공신은
세의[2]가 가별[3]키로 날보고 반겨하네
천 리 객지 날 반길 이 이 어른 뿐이로다
책방[4]에 맞아들여 음식을 공괴하며
위로하고 다정하니 객회(客懷)를 잊겠구나.
북마(北馬)주고 사령주고 행자[5]주고 의복주니
잔읍형세[6] 생각하고 불안하기 그지없다
능신하고 발행하니 운수도 고이하나
갈 길이 몇천 리며 올 길이 몇천 리고
하늘 얕은 저 철령은 향국[7]을 막아있고
저승같은 괴문관은 오령에 썩겼구나
표풍[8]같은 이내 몸이 지향이 어디메요
초원역 중화하고 함흥(咸興) 감영 들어가서
만세교(萬歲橋) 긴 다리는 십 리를 뻗치었고
무변대해 창망하여 대야(大野)를 둘러있고
장강(長江)은 도도하여 만고에 흘렀구나

---

1) 이 고을 군수(郡守).
2) 친분(親分).
3) 특별하기로.
4) 수령(守令)의 비서실.
5) 노자. 여비(旅費).
6) 별별치 못한 고을의 형편.
7) 고향. 그리운 고향.
8) 바람결에 흘러 감.

구름같은 성첩보소[1] 낙번루 높고높다
만인가(萬人家) 저녁연기 추강(秋江)에 그림이요
서산(西山)에 지는 해는 원객(遠客)의 설움이라
술먹고 누에 올라 칼 만지며 노래하니
무심한 뜬 구름은 고향으로 돌아가고
유이한 강정소리 객회(客懷)를 덮쳤으라
사향(思鄕)[2]한 이내 눈물 장강(長江)에 던져두고
백청류 내려 와서 성내에서 잠을 자니
서울이 팔백 리오 명천(明天)이 백구 리라.
비맞고 유삼쓰고 항가령 넘어가니
영태도 높거니와 수목(樹木)이 더욱 길다.
남여는 내려가고 대로는 서렸구나
노변(路邊)에 선 비석 비각단청[3] 요조하다
태조대왕 소시절에 고려국의 장수되어
말갈인 승정하고 공덕비(功德碑) 어제같다
역마[4]를 잡아타고 홍원읍 들어가니
무변해색[5] 둘렀는데 읍양[6]이 절묘하다

---

1) 성의 담.
2) 고향을 생각함.
3) 비석을 모신 집의 단청(丹靑).
4) 교통의 요로(要路)가 되는 지점에 역을 설치하고 거기에 역마를 두어
   여러 가지 통신 등 수요(需要)에 응했었음.
5) 가이 없는 바다 풍경.
6) 고을의 모습.

중화하고 떠나니 평사역에 숙소로다
내 온길 생각하니 천리만 되었느냐
실같은 목숨이오 거미같은 근력이라
천천히 길을 가면 살고서 볼것인데
엄지(嚴旨)를 모셨으니 일시를 지체하랴?
죽기를 가리잖고 수화[1]를 불분하니
만산에 땀때도다 성중지경 되어있고
골수에 든 더위는 자고새면 설사로다
나장이 하는 말이 나으리 거동(擧動)보니
엄엄하신 기력(氣力)이오 위태하신 신관[2]이라
하루만 조리하여 북청읍에 묵사이다
무식하다 네 말이야 엄지중[3] 일신이라
생사를 생각하여 일시를 지체하리
사람이 죽고 살기 하늘에 달렸으니
네 말이 기특하다 가다가 보겠구나
북청(北靑)서 숙소하고 남승청 돌았으니
무변대해 망망하여 동천(東天)이 가이없고
만산은 첩첩하여 남향(南向)이 아득하고
마유역 중화하고 마천령(摩天嶺) 다다르니
안박재 육십 리라 하날에 마천하고
공중에 걸린 길은 참바같이 결여구나

---

1) 불분(不分). 물불을 가리지 않음.
2) 얼굴을 높이어 일컫는 말.
3) 일신(一身). 임금의 엄한 명령을 받고 있는 몸.

다리덤불 얼켰으니 천일(天日)이 밤중같고
충암이 위태하여 머리 위에 떨어질 듯
하늘인가 땅이련가 이승인가 저승인가
상이봉(上二峰) 올라서니 보이는 게 바다이오
너른 것이 바다이라 몇 날을 길에 있어
이 재를 넘었던고 이 영을 넘은 후에
고향 생각 다시 없다 천일만 은근하여
두상(頭上)에 버렸구나 영평읍 중화(中火)하고
길주읍(吉州邑) 들어가니 성곽도 길거니와
여염¹⁾이 더욱 길다 비 올 바람 일어나니
떠난 길이 아득하다 읍내서 묵자하니
본관(本官)에 불안하다 원 나오고 책방(冊房)오니
초면(初面)이 친구같다 음식은 먹거니와
포진(鋪陳)기생 불관하다 엄지(嚴旨)를 모셨으니
죄명을 가졌으니 기생(妓生)이 호화롭다
운박(運薄)하온 신명(身命)보면 분상²⁾하는 상주로다
본관(本官)이 하는 말이 영남 양반 고집도다
모우³⁾하고 떠났으니 명천(明天)이 육십 리라
이 땅을 생각하면 묵특에 고토⁴⁾로다

---

1) 일반 백성의 집.
2) 먼 곳에서 부모가 별세했다는 소식을 듣고 상주(常住)로서 취하는 행동.
3) 비를 무릅씀.
4) 옛날에 연고가 있던 땅.

황사[1]의 일분토[2]는 왕소군[3]의 청총이오
팔십 리 광연모선 소부[4]의 강도로다
휘홍동 이동처는 저금에 원억(冤抑)이오
백용해 대관문은 압개같고 됫메같다
고창억막 갈아타고 배소(配所)를 들어가니
인민은 번성(繁盛)하고 성곽은 웅장(雄壯)하다
여관에 들어앉아 패문(牌文)을 부친 후에
앵도원에 집을 물어 본관(本官)에게 청하여라
공형[5]이 나오면서 평풍자리 주물상[6]을
주인으로 대령하고 육각소리[7] 앞세우고
주인으로 나와앉아 처소에 전갈하여
뫼셔라 전갈하니 슬프다 내 일이야
금이에 들었는가 이 고개 어디멘고
주인집 찾아가니 높은 대문 너른 사랑
삼천석군[8] 집이련가 본관(本官)이 하는 말이

---

1) 누런 모래밭.
2) 한 무덤의 흙.
3) 왕소군은 중국 전한(前漢) 원제(元帝)때의 궁녀.
4) 요(堯)임금이 천하를 맡기려 했으나 듣지 않는 사람. 산에서 나무에 둥
   우리를 만들고 살았다 해서 소부(巢父)라 했음.
5) 공방(空房)과 형방(刑房).
6) 술과 안주상.
7) 북·장고·해금·날라리 한 쌍, 피리 따위의 악기.
8) 삼천 석의 부자.

김교리[1] 이번 정배 죄없이 오는 줄은
북관[2] 수령 아는 바요 만인(萬人)이 울었으니
조금도 서러마오 나와 함께 노사이다
삼영[3]기생 다 불러라 오늘부터 놀자꾸나
호반[4]의 규모인가 활연이 장하도다
그러나 내 일신이 기적[5]하신 사람이라
화광빈객[6] 끝자리에 풍악이 무엇이냐
규문의 최승하고 혼자인지 소일(消日)하니
성내(城內)의 선비들이 문풍하고 모여들어
하나 오고 두셋 오니 추인이 되었구나
칙끼리 청학하며 그저내고 골여지라
북관에 잇는 수령 관장만 보았다가
문관의 풍성듣고 하자하고 달려드니
내 일을 생각하며 남 가르칠 공부없어
아무리 사양한들 모면할 길 전혀 없네
주야로 깨고 있어 세월(歲月)이 글이로다
한가하면 풍월짓고 심심하면 글 외우니
절세의 고종[7]이라 시주(詩酒)에 회포 부쳐

---

1) 작가 김진형(金鎭衡).
2) 함경도(咸鏡道).
3) 함경·명천·북병삼병영.
4) 무인(武人).
5) 귀양온.
6) 대단한 대우를 받는 손님.
7) 외로운 사람의 행세.

불출문(不出門)글 외우며 편케편케 날 보니
춘풍에 놀란 꿈이 벽산에 서려오니
남천(南天)을 바라보면 기러기 처량하고
북방(北方)을 올려보니 오랑캐 지경이라
개가죽 상하착[1]은 상놈들이 다 입었고
조밥 되밥 기장밥은 본관(本官)의 성덕이오
주인의 정성으로 실같은 이내 목숨 달 반을 걸었더니
천만[2]이외 가신(家信)오며 명녹[3]이 왔단말가
놀랍고 반가워라 미친 몸 되었구나
결세[4]에 있던 사람 향산에 돌아온 듯
나도 나도 이럴망정 고향에 있었던가
서봉을 떼어보니 정찰[5]이 몇 장 있고
폭폭이 친척이고 면면이 가향[6]이라
지면에 자자획획(字字劃劃) 자질(字姪)에 눈물이요
옷 위에 그림 빚은 아내의 눈물이라
소동파의 조운인가 양대운우[7] 불쌍하다
그 중에 사람 죽어 조물이 되단말가
명녹이 대해 앉아 누수로 문답하니

---

1) 위, 아래에 입은 옷.
2) 아주 뜻밖에.
3) 작자네 종의 이름.
4) 격리되어 있는 세계.
5) 정다운 편지.
6) 고향.
7) 남녀가 환합(歡合)하는 것.

길 떠난 지 오래거든 그 후일을 어이 알리
만수청산[1]에 멀고 먼데 너 어찌 돌아가며
덤덤이 차인 회포 다 이를 수 없겠구나
명녹이 말 들었다가 무사히 돌아가서
우리집 사람더러 이내 말 전하여라
죄명이 가벼우니 은명[2]이 쉬우리라
거연이[3] 추석날에 가가(家假)이 성묘하니
우리곳 사람들은 소분[4]을 하느니라
본관(本官)이 하는 말이 이곳에 칠성봉(七星峰)은
북관중 명승지라 금강산(金剛山) 다툴지니
칠보산 한번 가서 만수심산 어떠하냐
내 역시 좋겠지만 이목이 난처하다
원지에 매인 몸이 천송에 노는 것이
분이에 미안하고 첨염에 고이하니
마음은 좋건만은 왕측에 사격이오
적벽강 제석(除夕) 놀음 구소의 풍경이니
김학사(金學士) 칠보놀음 무슨 험이 있으리오
그 말을 반겨 듣고 황연히 일어나서

---

1) 수많은 나무가 뒤덮인 푸른 산.
2) 귀양을 풀어준다는 임금의 명령.
3) 모르는 사이에. 어느덧.
4) 무덤을 깨끗하게 함.

나귀에 술을 싣고 칠보산 들어가니
구름같은 천만봉이 화도[1]강산 광경이라
박다령 넘어가서 금장도 들어가니
곳곳에 물소리만 백옥(白玉)을 깨쳐있고
봉봉(峯峯)이 단풍 비친 금수장[2]을 둘렀으라
남여를 높이 타고 개심사(開心寺) 들어가니
원산(遠山)은 구름이요 자봉은 물형(物形)이라
육십명 선비들이 앞서고 뒤에 서니
풍경도 좋거니와 광경(光景)이 더욱 좋다
창망[3]한 나의 회포 미명에 일어나서
세수하고 문을 여니 기생들이 앞에 와서
현신[4]하고 하는 말이 본관사또 하는 말이
김교리님 칠보산에 너없이 놀음되랴
당신은 사양하되 내 도리에 그를소냐
산신도 섭섭하고 원학도 슬프리라
너희들을 소개하니 나인들을 어찌하랴
부디부디 조심하고 칠보청산 거행하라
사또의 분부끝에 소녀들을 대령[5]하라
우습고 부끄럽다 본관(本官)의 정성이여

---

1) 그림으로 그려 놓은 듯한 강산.
2) 수놓은 비단 장막.
3) 멀고 넓어 아득함.
4) 웃사람에게 예의를 갖추어 자기를 보임.
5) 와서 명령을 기다림.

풍류남자[1] 시주객[2]은 신선의 곳에 와서
너를 어찌 보내리오 이왕에 너희들이
칠십 리를 등대하니 풍류남자 방탕성이
매몰하기 어려워라 방으로 들라하여
이름 묻고 나물으니 한 년 매홍[3]인데
방년(芳年)이 십팔이오 하나는 군산월이[4]
십구세 꽃이로다 화상 불러 음식하고
노래시켜 들어보니 매홍의 평우조[5]는
운로[6]가 흩어지고 군산월의 해금소리[7]
만악천봉[8] 푸르도다 지로승[9] 앞세우고
두 기생 옆에 끼고 영화 만곡 깊은 곳에
개심대 쓸나가니 단풍은 비단이오
송성[10]은 거문고라 상상봉 노적봉과
마나암 천불암과 타자봉 주작봉은
그림으로 둘러지고 물형으로 높다 높다.

---

1) 풍류를 아는 사나이.
2) 시(詩)와 술을 즐기는 나그네.
3) 기생(妓生)의 이름.
4) 기생(妓生)의 이름.
5) 평조(平調)와 우조(羽調). 평조는 낮은 음조. 우조는 높은 음조임.
6) 구름과 이슬.
7) 국악(國樂)에서 쓰는 현악기의 일종.
8) 수많은 산봉우리.
9) 길을 인도하는 승.
10) 소나무가 바람에 흔들리는 소리.

악양곡 한 곡조를 두 기생이 부르니
만산(萬山)이 더 높고 단풍이 더 붉도다
옥수[1]로 양금[2]치니 송풍(松風)인가 물소린가
군산월의 손길 보소 곱고도 고을시고
춘산(春山)에 물손인가 안동밧글 금낭[3]인가
양금 위에 노는 손이 보드랍고 알서롭다
남여 타고 정향(正向)하여 하마대를 나가니
아까 보던 산 모양이 무산봉이 둥그렀고
희든 바위 푸르구나 절벽에 새긴 이름
방전암이 여기로다 기암괴석 총총하니
갈수록 황홀할샤 일 리를 들어가니
금강굴 이상하다 차아한 높은 굴이
석석창태[4] 이상할샤 연저봉 구경하고
해성대(海星臺) 향하다가 두 기생 간 데 없어
찾느라 골몰터니 어디서 일성가곡[5]
중천[6]으로 일어나니 놀래어 바라보니
해성대 올라 앉아 일지단풍[7] 꺾어쥐고

---

1) 아름다운 손.
2) 국악(國樂). 현악기의 일종.
3) 비단 주머니.
4) 돌빛으로 푸른 이끼.
5) 한 마디 노래 소리.
6) 하늘 한가운데.
7) 한 가지의 단풍.

녹의홍상[1] 고운 몸이 만장산(萬丈山) 저 구름 위에
사람을 놀랠시고 이와 가결하다
이 몸이 이른 곳이 신선(神仙)의 지경이라
평생(平生)의 연분으로 천초[2]에 득죄[3]하여
바람에 부친 듯이 이 광경 보겠구나
연적봉 지난 후에 선녀(仙女)를 따라가서
연화봉 적바위는 청천에 솟아있고
배바위 채색봉은 안전(眼前)에 벌여있고
생황봉 보살봉은 신선(神仙)에 굴혈[4]이라
매홍은 술을 들고 만장운학 곡조에
군산월(君月山) 앉은 거동 아주 분명 꽃이로다
오동목판[5] 거문고에 금사로[6] 줄을 메와
대쪽으로 타난양이 거동도 곱거니와
섬섬한[7] 손 깨끗해 오색이 영농하다
네거동 보고나니 군명[8]이 엄하여도
반할 뻔 하겠구나 영웅절사[9] 업단말은

---

1) 푸른 저고리와 붉은 치마.
2) 임금이 있는 조정(朝廷).
3) 죄를 지음.
4) 굴의 구멍.
5) 오동나무 판.
6) 금으로 만든 줄.
7) 갸날프고 연약한.
8) 임금의 명령.
9) 영웅과 절개가 곧은 선비.

사책에¹⁾ 잇난니라 내마암 단단하나
네게야 큰말하랴 본거시 큰병이오
안본거시 약이련가 이천리(二千里) 절재²⁾중에
단정히 몸가지고 기적을 잘한거시
아조 모도 네 덕이라 양금을 파한 후에
절을 지나 내려오니 그 중에 있는 찬물
정결하고 향기있다 이튼날 도라오니
해성대 노는 일이 저승인가 몽중인가
국은³⁾인가 천은⁴⁾인가 천애에 이행각이
이룰 줄 알았더냐 홍지하여 돌아와서
슈로불너⁵⁾ 분부하되 칠보산 유산시난⁶⁾
본관이 보나기로 기생을 데렸으나
돌아와 생각하니 호화한 중 불안하다
다시난 지회하여 기생이 못오리라
선비만 데리고서 심중에 기록하니
청산(靑山)이 그림되어 술잔에 떨어지고
녹수는 길이 되어 종이 위에 단청이라
군산월에 녹의홍상 깨고나니 꿈이로다

1) 역사책.
2) 세상을 떠나 있는 동안.
3) 나라의 은혜.
4) 하늘의 은혜.
5) 관노(官奴)의 우두머리.
6) 산에서 놀 때.

일월(日月)이 언제런고 구월 구일[1] 오늘이라
광할임 이적선[2]은 요산에 높이 되고
조선에 김학사는 재덕산에 올랐구나
백주향화 앞에 놓고 남향[3]을 상상하니
북병산 단풍경은 김학사의 차지옵고
이하에 황국화는 주인이 없었구나
파리한 늙은 아내 술들고 슬프구나
추월[4]이 낮같으니 조운에 회포로다
칠보산 반한 놈이 소무굴 보려 하고
팔십 리 경성 땅에 구경차로 길을 떠나
창연이 들어가니 북해상 태백[5]중에
한가하고 외로워라 춘광은 가없는데
갈꽃이[6] 슬프도다 창파[7]는 만만하여
해색을 연하였고 낙엽은 분분하여
청공에 나리고나 충신(忠臣)의 높은 자취
어디가서 찾아보랴 어와, 거룩할사
소중낭 거룩할사 나도 또한 일을 망정

___

1) 중양절(重陽節) 혹은 중구절(重九節)이라고도 하는 명절로, 다음의 시
   (時)들은 모두 이날의 감회를 읊은 것임.
2) 이태백(李怠白).
3) 남쪽에 있는 고향.
4) 가을 달.
5) 큰 못 한가운데.
6) 갈대꽃이.
7) 푸른 물결.

주상님[1] 멀리 떠나 절역에 몸을 던져
회포도 슬프더니 오늘날 이우희는
경성이 곡하구나 낙일에 칼을 집고
후리쳐 돌았으니 병산에 풍설 중에
촉도 같은 길이로다 과문관 돌았으니
음침하고 고이하다 삼척을 들었으니
일신이 송구하다 노방[2]에 일분토[3]는
왕소군(王昭君)에 청총인가 처량한 어린 혼이
백양이 슬프도다 추풍에 한을 먹고
홍첩을 울여구나 쟁쟁한 화패소리
월야에 우느니라 술 한 잔 가뜩 부어
반혼을 위로하고 유정을 들어가니
명천읍이 십 리로다 탄막[4]에 들어가서
정방사[5] 달려뜨니 무산기별 왔던고
방환기별[6] 내렸도다 천은[7]이 망극하여
눈물이 망망하다 문적[8]을 손에 쥐고

---

1) 임금.
2) 길 가.
3) 한 무덤의 흙.
4) 숯을 굽는 사람들의 오두막.
5) 공문을 전달하던 하인(下人).
6) 귀양이 풀려서 돌아감.
7) 임금의 은혜.
8) 공문서.

남향하여 백배[1]하니 동행에 거동 보소
치하하고 거룩하다 식전에 말을 달려
주인을 찾아가니 만실[2]이 경사로다
광경(光景)이 그지없다 죄명이 없으니
평인[3]이 되었구나 천운을 덮어쓰고
양계[4]를 다시 보니 삼천리 고향 땅이
지척이 아니련가 황장을 재촉할 제
군산월이 대령하라 선언한 거동으로
웃으면서 치하하니 나으리 해배[5]하니
작히작히 감축[6]할까 칠보산 우리 인연
춘몽[7]이 아득하다 이 날에 너를 보니
그것도 군은(君恩)인가 그렸다 만난 정이
맛나고도 향기롭다 본관(本官)에 거동 보소
삼현 육각 거느리고 이 고결 나오면서
치하하고 손잡으며 김교린가 김학산가
성군의 은덕(恩德)인가 나도 이리 감축거든
임자야 오직할까 홍문교리 정든 사람

---

1) 백 번 하는 절.
2) 방안에 모인 사람 전부.
3) 보통 사람.
4) 이 세상.
5) 귀양이 풀림.
6) 감격해서 축복함.
7) 허망한 꿈.

일심천케 하라 조금으로 제안[1]하고
그길로 나왔고 일어서 생각하니
감사하기 그지없다 군산월을 다시 보니
새 사람 되었구나 현극 중에 섞인 난초
옥분[2]에 옮겼구나 지애의 야광주[3]가
방불군자 만나구나 신풍에 묵힌 칼이
뉘를 보고 나왔더냐 꽃다운 어린 자질
임자를 만나구나 금병화촉[4] 깊은 밤에
광풍제월[5] 썩 밝은 날 글 지으면 화답하고
술 가지면 동배[6]하니 정분도 깊거니와
호사도 그지없다 십월에 말을 타고
고향을 찾아가니 본관에 성덕 보소
남복[7] 짓고 종 보내어 이백 냥 행재[8] 내어
저하나 따라주며 임행[9]에 하는 말이
모시고 잘 가거라 나으리 음영시에

---

1) 죄가 있는 사람의 명부에서 제외함.
2) 옥으로 만든 화분.
3) 밤에도 빛을 내는 구슬.
4) 금으로 수놓은 병풍을 치고 꽃다운 촛불을 밝힘. 원래는 혼인한 남녀가
   첫날 밤을 지내는 풍경.
5) 비 개인 뒤에 부는 맑은 바람과 달.
6) 같이 마시니.
7) 남자의 옷.
8) 노자. 여비(旅費).
9) 떠날 때쯤.

네게야 내외[1]할까 천리강상 대도상(大道上)에
김학사(金學士) 꽃이 되어 비위를 맞추면서
좋게좋게 잘 가거라 승교[2]를 앞세우고
풍류남자 뒤따르니 오던 길 넓고넓어
귀흥[3]이 그지없다 길주읍 들어가니
본관(本官)의 거행 보소 금연화촉[4] 너른 방에
기악[5]이 가득하다 군산월이 하나이다
풍정[6]이 가득하다 연연한 군산월이
금상첨화[7] 되었구나 신조[8]에 발행하여[9]
익병에 중화[10]하고 창회[11]는 망망하여
동천이 그지없고 병산은 중중하여
면면이 섭섭도다 추풍(秋風)에 채[12]를 들고
성전으로 들어가니 북병사(北兵使) 마주나와
두문관 합석하니 상읍관가 군병이오

---

1) 남녀가 서로 만나기를 꺼리는 것.
2) 가마.
3) 돌아가는 길의 즐거움.
4) 꽃돗자리와 꽃다운 촛불.
5) 기생의 음악.
6) 풍류(風流)의 정취.
7) 좋은 일에 또 좋은 일이 더함.
8) 새벽.
9) 출발.
10) 점심.
11) 푸른 바다.
12) 가마 채.

길주관청 홍안이라 금촉이 영롱한데
평사에 호강이라 북관이 하는 말이
학사(學士)에 다린 사람 얼굴도 기이하다
서울껜가 북도껜가 청지¹⁾인가 방자²⁾인가
이름은 무엇이며 나이 지금 몇 살인고
손 보고 눈매 보니 남중³⁾일색 처음 보니
웃으며 하인 불러 아내를 데려다가
밤중에 옮긴 후에 장가들어 살이리라
종적을 감추오고 풍악중에 앉았더니
병사(兵使)가 취한 후에 소리를 크게 하되
김교관(金校官) 청잭이야 내곁에 이리 오라
위령⁴⁾을 못하여서 공손히 나아가니
손내어라 다시 보자 어찌 그리 기이한고
용모피 토수 속에 옥수(玉手)를 반만 내어
덥석 들어 쥐러할 제 삐치고 일어서니
계집에 좁은 소견 미련코 매몰⁵⁾하다
사나이 모양으로 손잡거든 손을 주고
혼연히 체면하면 의 여의여 하련만은
가득히 수상하여 치보고 내리보고

---

1) 심부름 하는 하인.
2) 관청에서 잔심부름을 하는 관노(官奴).
3) 남자 중에서 아주 잘 생긴 사람. 여기서는 기생 군산월(君山月)이 남장
   을 했기 때문에 나온 말임.
4) 명령을 어기는 것.
5) 매몰스럽다.

군관이나 기생(妓生)이나 면면이 보던 차에

매몰이 삐치는 양 제 버릇 없을소냐

병사(兵使)가 눈치 알고 몰랐노라 몰랐노라

김학사의 아내신 줄 내 정영 몰랐구나

만당(滿堂)이 대소(大笑)하고 뭇 기생이 달려드니

아까 섰던 남자 몸이 계집 통정[1] 하겠구나

양색단 두루막이 옥판다리[2] 애암쓰고

꽃밭에 섞어 앉아 노래를 받고주니

청강[3]에 옥동[4]인가 화원에 범나비야

달 울며 일출구경[5] 망양정 올라가니

금촉에 꽃이 피고 옥호[6]에 술을 부어

마시고 취한 후에 동해(東海)를 건너보니

일색이 오르면서 당홍치마[7] 되는구나

부상[8]은 지척이오 일광은 술회로다

태풍악[9] 잡아쥐고 태산(泰山)을 굽어보니

---

1) 통정(通情) : 통사정의 준말.
2) 장식품으로 쓰이는 잘 다듬은 옥조각.
3) 맑게 흐르는 강.
4) 옥경에서 산다는 맑고 깨끗한 모양을 한 상상의 동자(童子).
5) 해뜨는 구경.
6) 옥으로 만든 술병.
7) 짙게 붉은 빛깔.
8) 해뜨는 동쪽에 있다는 신목(神木)
9) 음악을 크게 연주하는 것.

부유[1]같은 이내 몸이 성은도 망극하다
북관(北關)을 못 왔으면 군산월이 어찌올까
병사(兵使)를 이별하고 마천령 넘어가니
구름 위에 기를 두고 남여로 올라가니
군산월(君山月)이 앞서가면 안견에 꽃이 되고
후면에서 동기로다 평천에 중화하고
복천읍 숙소하니 반야에 깊은 정은
금석(金石) 같은 언약이요 태산같은 인정이라
익원에 중화하고 영흥(永興)읍 숙소하니
본관이 나와보고 밥 보내고 환대[2]하네
고을도 크거니와 기악(妓樂)도 끔찍하다
대풍악 파한 후에 행절이만 잡아두니
행절에 거동 보소 곱고도 고을시고
청수부용[3] 정신이오 운우양대 태도로다
효두[4]에 발행하여 덕원전평 지난 후에
고원[5]에 들어가니 주수[6]에 반기는 양
내달아 손잡으며 경사(慶事)를 만나구나
천원에 중화하고 원산장터 중화하고

1) 하루살이 곤충.
2) 정성껏 접대함.
3) 맑고 빼어난 연꽃.
4) 새벽 일찍.
5) 높은 지대.
6) 그 고을의 수령(守令).

명천(明川)이 천여 리오 서울이 육백 리라
주막집 깊은 방에 밤한경 새운 후에
계명시¹⁾에 소쇄²⁾하고 군산월을 깨워내니
동농한 깊은 잠이 이슬에 젖은 거동
괴코도³⁾ 아름답고 유정하고 무정하다
옛일을 일을게니 네 잠깐 들어봐라
이전에 장대장이 제주목사 과만⁴⁾ 후에
정들었던 수청기생⁵⁾ 버리고 나왔더니
바다를 건넌 후에 차마 어찌 못하여서
배잡고 다시 가서 기생을 불러내어
비수 빼어 베인 후에 돌아와 대장되고
만고명인⁶⁾ 되었으니 나는 본래 문관이라
무변⁷⁾과 다르기로 너를 도로 보내는 게
이것이 비수로다 내 말을 들어봐라
내 본래 영남있어 선비에 졸한⁸⁾ 몸이
이천 리를 기생 싣고 천고에 없은 호강
끝나게 하였으니 협기⁹⁾하고 서울 가면

---

1) 계명시(鷄鳴時).
2) 세수.
3) 사랑스럽고도.
4) 지방 수령(守令)의 임기가 만료됨.
5) 관리와 잠자리를 같이 하던 기생.
6) 오래 이름을 남긴 사람.
7) 무관(武官).
8) 졸렬한.
9) 기생을 끼는 것.

분이에 황송하고 모양이 고약하다
부디부디 잘 가거라 다시볼 날 있느니라
군산월의 거동 보소 깜짝 놀라면서
원망으로 하는 말이 버릴심사 계셨으면
중간에 못하여서 어린 사람 홀려다가
사무친척[1] 외롭구나 게 발물어 던지다네
이런 일도 하나있가 나으리 성덕으로
사랑이 배부르나 나으리 무정(無情)키로
풍전낙화[2] 되었구나 오냐오냐 나의 뜻은
그렇지 아니하여 십 리만 가졌던 게
천 리(千里)나 되었구나 저도 부모 있는고로
월이한 심회로서 우수수하는 눈물
어찌그리 무정하오 효색[3]은 은은하고
추강(秋江)은 명랑한데 홍상[4]에 눈물 말려
학사두발 하였구나 숭교에 담아내어
저 먼저 회송[5]하니 단 하나 분이로다
말 타고 돌아서니 이목(耳目)에 삼삼하다
남자의 간장인들 인정이 없을손가
이천 리 장풍유를 일조(一朝)에 놓쳤구나

---

1) 친척이라고는 아무도 없다는 뜻.
2) 바람 앞에 떨어지는 꽃.
3) 새벽 빛.
4) 붉은 치마.
5) 돌려 보냄.

홍진비래[1] 되었구나 안변원에 하는 말이
판관사[2]도 무섭더냐.
남의 눈 무섭더냐 장부의 헛된 간장
상하기 쉬우리라 내 기생 봉선이를
남복시켜 앞세우고 철령까지 동행하여
회포를 잊게 하소 봉선이를 분부하여
따라가라 분부하니 자색[3]이 옥골이라
군산월에 고은 모양 심중에 깊었으니
새냇보고 이를소냐 풍설[4]은 아득한데
북천(北天)을 다시 보니 춘풍에 나는 꽃이
진흙에 구우는가 추천[5]에 외기러기
짝없이 가느니라 철령을 넘을 적에
봉선이를 하직하고 억궂은 이내 몸이
하는 것이 이별이라 좋게 잊고 잘 가거라
다시 어찌 못 만나리 남여(藍與)도 재 넘으니
북도산천[6] 끝이 난다 설움도 끝이 나고
인정도 끝이 나고 풍유도 끝이 나고
남은 것이 귀흥[7]이라 회양(淮陽)에 중화하고

---

1) 흥겨운 일은 가고 슬픔이 찾아옴.
2) 감영(監營)과 유수영(留守營)이 있던 곳의 원.
3) 모습.
4) 바람과 눈.
5) 가을 하늘.
6) 함경도(咸鏡道)의 산과 강.
7) 되돌아가는 즐거움.

김해감성 지난 후에 영평(永平)읍 들어가서
철원(鐵原)을 밟은 후에 포천읍 숙소하고
왕성이[1] 어디메야 귀흥이 도도하다
갈 적에 녹음방초[2] 올 적에 풍설이오
갈 적에 슬프더니 올 적에 흥이로다
적적이 어제려니 즐거울사 오늘이야
술 먹고 말을 타며 풍월도 절로나고
산 넘고 물 건너며 노래로 예 왔구나

• **김진형**(金鎭衡) 헌종 16년에 등과하여 홍문관 교리로 있을 때 이조판
  서 서기순을 논척하다가 명천 땅에 유배되었다.

---

1) 임금이 있는 성. 서울.
2) 푸른 그늘과 향기로운 풀.

한시·창가·신체시·자유시

여수장우중문시(與隨將于仲文詩)

을지문덕(乙支文德)

　　5언4구(五言四句)로 된 이 시는 현재 전하는 우리나라 한시 작품으로 가장 오래 된 것이다. 고구려의 명장 을지문덕이 수(隨)나라 침략군의 장수 우중문에게 보낸 전략적(戰略的) 작품이다.

神策究天文(신책구천문)	귀신같은 계책은 하늘의 이치를 꿰뚫었고,
妙算窮地理(묘산궁지리)	기묘한 꾀는 땅의 이치를 통달하였도다.
戰勝功旣高(전승공기고)	싸움마다 이기어 공이 이미 높으니
知足願云止(지족원운지)	만족함을 알고 싸움을 그만두길 바라노라.

〈삼국사기(三國史記)〉

· 현재 전하는 우리나라 최고(最古)의 한시이다.
· 을지문덕(乙支文德) 고구려의 장군. 612년(영양왕 23년)에 침입한 수나라의 침략군을 살수(청천강)에서 무찔렀다. 지략과 무용이 뛰어났을 뿐 아니라 시문에도 능했다.
· 우중문(于仲文) 수나라의 장군. 수양제의 제2차 고구려 원정 때, 우문술(于文述)과 함께 30만 대군을 이끌고 고구려를 침입했으나 살수에서 을지문덕장군에게 참패했다. 양제의 노여움을 받아 하옥되어 울분으로 죽었다.

송인(送人)

정지상(鄭知常)

칠언절구(七言絶句)로 된 이 시는 이별의 슬픔을 노래한 송별시(送別詩)이다. 별리(別離)를 제재로 한 한시의 걸작이며, 당나라 왕유의 시 '송원이사안서(送元二使安西)'와 함께 별시(別詩)의 압권이라 칭송된다.

雨歇長堤草邑多(양혈장제초읍다)　비 개인 긴 둑에 풀빛이 진한데
送君南浦動悲歌(송군남포1)동비가)　남포에 임 보내니 노랫가락 구슬퍼라
大同江水何時盡(대동강수하시진)　대동강 물은 어느 때나 마를 건가?
別淚年年添綠波(별루2)년년첨록파)　해마다 이별의 눈물만이 푸른 물결에 더하거니

〈파한집(破閑集)〉

• 정지상(鄭知常, ?~1135)　고려 인종 때의 문신. 시인. 정언(正言). 사간(司諫) 등의 벼슬을 지냈다. 묘청의 난에 관여했다는 혐의로 김부식에게 피살되었다.

1) 평양 남쪽 대동강 하류의 나루터.
2) 이별의 눈물.

동명왕편(東明王篇)

이규보(李奎報)

고구려 동명왕의 전설을 오언시체로 엮은 장편 서사시. 작자 연대미상. 고려 중엽 이규보찬의 〈동국이상국집(東國李相國集)〉 권 3에 전한다. 〈제왕운기〉〈역대가〉와 함께 한국 가사체문학의 선구를 이룬다.

세상 사람들이 동명왕(東明王)의 신통하고 이상한 일을 많이 말한다. 비록 어리석은 남녀들까지도 흔히 그 일을 말한다. 내가 일찍이 그 얘기를 듣고 웃으며 말했다.

선사(先師) 공자께서는 괴력난신(怪力亂神)을 말씀하지 않았다. 동명왕의 이야기는 실로 황당하고 기괴하여 우리들이 말할 것이 못된다.

뒤에 '위서(魏書)'와 '통전(通典)'을 읽어보니 역시 그 일을 실었으나 간략하고 자세하지 못하였다. 국내의 것은 자세히 하고 외국의 것은 간략히 하려는 뜻인지도 모른다.

지난 계축년(1193) 4월에 '구삼국사(舊三國史)'를 얻어 동명왕본기(東明王本紀)를 보니 그 신이(神異)한 사적이 세상에서 얘기하는 것보다 더했다. 그러나 처음에는 믿지 못하고 귀(鬼)나 환(幻)으로만 생각하였다. 세 번 연달아 읽어서 점점 그 근원에 들어가니, 환(幻)이 아니고 성(聖)이며, 귀(鬼)가 아니고 신(神)이었다. 하물며 국사(國史)는 사실 그대로 쓴 글이니 어찌 허탄한 것으로 전하였으랴.

김부식(金富軾)이 국사를 다시 편찬할 때에 자못 그 일을 생략하였다. 그는 국사는 세상을 바로잡는 글이라서 크게 이상한 일은 후세에 보일 것이 아니라고 생각하여 생략한 것이 아닐까? 당현종본기(唐玄宗本紀)와 양귀비전(楊貴妃傳)에는 방사(方士)가 하늘에 오르고 땅에 들어갔다는 기록이 없는데, 오직 시인(詩人) 백낙천(白樂天)이 그 사실이 인멸될 것을 두려워하여 노래를 지어 기록하였다. 그것은 실로 황당하고 음란하고 기괴하고 허탄한 일인데도, 오히려 읊어서 후세에 전했다. 그러나 동명왕의 일은 여러 사람의 눈을 현혹한 것이 아니고 실로 나라를 창시(創始)한 신기한 사적이다. 그런데 이것을 기술하지 않으면 후인들이 장차 어떻게 볼 것인가? 그러므로 시를 지어 기록하여 우리나라가 본래 성인(聖人)의 나라라는 것을 천하에 알리고자 하는 것이다.

> 한덩어리로 뭉쳐 있던 원기가 갈라져서
> 천황씨, 지황씨가 되었다.
> 머리가 열 셋, 혹은 열 하나
> 그 모습이 기이함이 많아라.
> 그 나머지 성스러운 제왕들의 이야기도
> 경서와 사기에 실려 있다.
> 여절은 큰 별에 감응되어
> 소호금천씨(小昊金天氏) 지를 낳았고,
> 여추는 전욱을 낳았는데
> 역시 북두성(北斗星)의 광채에 감응되었다.
> 복희씨는 희생 제도를 마련하였고
> 수인씨는 나무를 비벼 불을 만들어 냈다.
> 명협(蓂莢)이 난 것은 요(堯)임금의 상서이고,
> 서속을 내린 것은 신농씨의 상서다.
> 푸른 하늘은 여와씨가 기웠고
> 큰 물은 우(禹) 임금이 다스렸다.
> 황제헌원씨(黃帝軒轅氏)가 하늘에 오를 때는

턱에 수염 난 용이 스스로 이르렀다.
태고적 순박할 때는
신령하고 성스러운 사적을 이루 다 기록할 수 없었는데,
후세에 인정이 점점 경박해져서,
풍속이 지나치게 사치해졌다.
성인이 이따금 나기는 하였지만,
신령한 자취를 보인 것은 적다.
한 나라 신작 삼년
북두가 사방(巳方)에 있던 첫여름.
해동 해모수는
참으로 하느님의 아들이었다.

처음 공중에서 내려오는데,
자신은 다섯 용이 끄는 수레를 타고,
따르는 사람 백여 명은
고니를 타고 털깃 옷을 화려하게 입었다.
맑은 풍악 소리 쟁쟁하게 울리고,
무지개 구름은 뭉게뭉게 떴다.
옛날부터 천명을 받은 임금치고
어느 것인들 하늘에서 준 것이 아니랴마는,
대낮에 푸른 하늘에서 내려온 것은
옛적부터 보지 못한 일이다.
아침에는 인간 세상에서 살고,
저녁에는 천궁으로 돌아간다.

내가 옛사람에게 듣기로는,
하늘에서 땅까지의 거리가
이억만 팔천
칠백 팔십 리라고 한다.

사다리로도 오르기 어렵고,
날개로 날아도 쉽게 지친다.
아침 저녁 마음대로 오르내리니,
이 이치 어째서 그러한가?
성 북쪽에 청하(靑河)가 있어
하백의 세 딸이 아름다웠다.
청하 물결 헤치고 나와
웅심 물가에서 놀았다.
허리에 찬 구슬이 쟁그랑 울리고
부드럽고 가냘픈 모습 아름다웠다.

처음에는 한고 물가인가 의심하다가,
다시 낙수의 모래톱을 생각하였다.
해모수왕이 나가서 사냥하다 보고는,
눈짓을 보내며 마음에 두었다.
곱고 아름다운 것이 좋아서가 아니라,
뒤 이을 아들 낳기가 급했기 때문이다.
세 여자가 왕이 오는 것을 보고
물에 들어가 한참 동안 피하였다.
장차 해모수왕이 궁전을 지어
함께 와서 노는 것 엿보려 하여,
말채찍으로 땅을 한 번 그으니,
갑자기 구리집이 세워졌다.
비단 자리를 눈부시게 깔아 놓고
금 술잔에 맛있는 술 차려 놓으니
과연 스스로 들어와서
서로 따르며 마시다가 이내 취하였다.

해모수왕이 그때 나가 가로막으니

놀라 달아나다 미끄러지고 자빠졌다.

맏딸이 유화인데,
이 여자가 왕에게 붙잡혔다.
아버지 하백이 크게 노하여,
사자를 시켜 급히 달려가서
고하기를 너는 어떤 사람이기에
감히 경솔하고 방자한 짓을 하는가?
답하기를 나는 천제의 아들이니
높은 문속과 서로 혼인하기를 청합니다.
하늘을 가리키자 용수레가 내려오니
그대로 깊은 바다 궁궐에 이르렀다.
하백이 왕에게 이르기를,
혼인은 큰 일이라
중매와 폐백의 법도가 있거늘
어째서 방자한 짓을 하는가?
그대가 참으로 상제의 아들이라면
신통한 변화를 시험하여 보자.

넘실거리는 푸른 물결 속에
하백이 변화하여 잉어가 되니,
해모수왕이 변화하여 수달이 되어
몇 걸음 못 가서 곧 잡아 버렸다.
하백에게 또다시 두 날개가 나서
꿩이 되어 훌쩍 날아가니,
해모수왕이 또 신령한 매가 되어
쫓아가 치는 것이 어찌 그리 날샌가.
저편이 사슴이 되어 달아나면
이편은 승냥이가 되어 쫓았다.

하백은 신통한 재주가 있음을 알고
술자리를 벌이고 서로 기뻐하였다.
만취한 틈을 타서 가죽 수레에 싣고
딸도 수레에 함께 태웠다.
그 뜻은 딸과 함께
천상에 오르려 함이었다.

그 수레가 물 밖에 나오기 전에
해모수왕이 술이 깨어 홀연히 놀라 일어나
유화의 황금비녀로
가죽 뚫고 구멍을 빠져 나와
홀로 적소를 타고 올라서
소식없이 다시 돌아오지 않았다.

하백이 그 딸을 꾸짖으며
입술을 잡아당겨 석 자나 늘여 놓고,
우발수 속으로 추방하고는
겨우 노비 두 사람만 주었다.

어부가 물속을 보니
이상한 짐승이 돌아다녔다.
그래서 금와왕에게 알려
쇠그물을 깊숙이 던졌다.
돌에 앉은 여자를 끌어당겨 보니
얼굴 모양이 심히 무서웠다.
입술이 길어 말을 못하므로
세 번 자른 뒤에야 입을 열었다.

금와왕이 해모수왕의 왕비인 것을 알고

이내 별궁에 두었다.
가슴에 해를 품고 주몽을 낳았으니,
그 해가 계해년(BC 58)이었다.
골상이 참으로 기이하고
우는 소리가 또한 심히 컸다.
처음에 되만한 알을 낳으니
보는 사람마다 깜짝 놀랐다.
왕은 상서롭지 못하다고 생각하고
이것이 어찌 사람의 종류인가 하고
마굿간 속에 두었더니,
여러 말들이 모두 밟지 않고
깊은 산 속에 버렸더니
온갖 짐승이 와서 옹위하였다.

어미가 다시 받아서 기르니
한 달이 되면서 말하기 시작하였다.
스스로 말하기를 파리가 눈을 빨아서
누워도 편히 잘 수 없다고 하였다.
어머니가 활과 화살을 만들어 주니
그 활이 빗나가는 법이 없었다.

나이가 점점 많아질수록
재능도 날로 갖추어졌다.
부여왕의 태자 대소(帶素)는
그 마음에 질투가 생겼다.
그가 말하기를, 주몽이란 자는
반드시 평범한 사람이 아니니
만일 일찍 없애지 않으면
그 후환이 끝없으리라 하였다.

금와왕이 가서 말을 기르게 한 것은
그 뜻을 시험하고자 함이었다.
주몽이 생각하니 천제의 손자가
천하게 말 기르는 것은 참으로 부끄러운 일이라
가슴을 어루만지며 혼자 탄식하기를
사는 것이 죽는 것만 못하다.
마음 같아서는 장차 남쪽 땅에 가서
나라도 세우고, 성과 시장도 세우고자 하나
사랑하는 어머니가 계시기 때문에
이별이 참으로 쉽지 않구나.

그 어머니 이 말을 듣고
흐르는 눈물을 씻으며
너는 내 생각을 하지 마라.
나도 항상 마음 아프다.
장사가 먼 길을 가려면
반드시 준마가 있어야 한다며
아들을 데리고 마굿간으로 가서
곧 긴 채찍으로 말을 때리니
여러 말은 모두 달아나는데,
붉은 빛이 얼룩진 한 말이
두 길 되는 난간을 뛰어넘으니
이것이 준마인 줄을 비로소 깨달았다.
남모르게 바늘을 말의 혀에 꽂으니
시고 아파 먹지를 못했다.
며칠이 못 되어 형상이 심히 야위어
나쁜 말과 다름없었다.
얼마 뒤에 왕이 둘러보다가
바로 이 말을 주몽에게 주었다.

얻고 나서 비로소 바늘을 뽑고
밤낮으로 다른 말보다 더 먹였다.

가만히 생 어진 벗을 맺었는데,
그 사람들 모두 지혜가 많았다.
남쪽으로 길을 떠나 엄사수에 이르러
건너려 하여도 배가 없었다.

채찍을 잡고 푸른 하늘을 가리키며
주몽이 긴 탄식을 했다.
천제의 손자이자 하백의 외손인 이 몸이
난을 피하여 이곳에 이르렀소.
불쌍하고 외로운 나의 마음을
하늘과 땅께서 차마 버리시렵니까?
활을 잡고 강물을 치니
물고기와 자라가 머리와 꼬리를 물고
높직이 다리를 이루어
비로소 건널 수가 있었다.
조금 뒤에 쫓은 군사가 이르렀지만
다리에 오르자 다리가 곧 무너졌다.

비둘기 한 쌍이 보리를 물고 날아오니
신모(神母) 유화 부인이 보낸 사자였다.

형세 좋은 땅에 왕도를 여니
산천이 울창하고 높고 컸다.
동명왕 스스로 띠자리 위에 앉아서
대략 군신의 자리를 정하였다.

애달프다. 비류왕이여!
어찌 스스로 헤아리지 못하고
선인의 후예인 것만 굳이 자긍하고
천제의 손자 존귀함을 알지 못하였나.
한갓 부용국으로 삼으려 하여
말하는 것을 삼가거나 겁내지 않았나.
사슴 그림의 배꼽도 맞히지 못하고
옥가락지 깨는 걸 보고 그만 놀랐구나.

송양왕이 와서 북이 변색한 것을 보고
감히 내 기물이라고 말하지 못하였다.

집 기둥이 묵은 것을 와서 보고
말 못하고 도리어 부끄러워했다.

동명왕이 서쪽으로 순수할 때
우연히 눈빛 큰 사슴을 얻었다.

해원 위에 거꾸로 달아매고
감히 스스로 저주하기를
하늘이 비류에 비를 내려
그 도성과 변방을 표몰시키지 않으면
내가 너를 놓아 주지 않을 것이니
너는 내 분함을 풀어다오.
사슴의 우는 소리 너무나 슬퍼
위로는 천제의 귀에까지 사무쳤다.
장마비가 이레를 퍼부어
주룩주룩 회수·사수를 넘쳐 날듯하여
송양왕이 근심하고 두려워하며

흐름을 따라 부질없이 갈대 밧줄을 가로 뻗쳤다.
백성들이 다투어 와서 밧줄을 잡아당겨
서로 쳐다보며 땀을 흘렸다.
동명왕이 곧 채찍을 들어
물을 그으니 홍수가 멈추었다.
송양왕이 나라를 들어 항복하고
이 뒤로는 헐뜯지 못하였다.

검은 구름이 골령을 덮어
산이 뻗쳐 이어진 것이 보이지 않고,
수천 명의 사람 소리가 들리는 것이
나무 베는 소리를 방불하였다.
동명왕이 하늘이 나를 위하여
그 터에 성을 쌓은 것이라고 말했다.

홀연히 안개가 흩어지니
그 가운데 궁궐이 우뚝 솟았다.

왕의 자리에 앉은 지 십구 년만에
하늘에 올라가서 내려오지 않았다.

뜻이 크고 기이한 절개 있으니
큰 아들의 이름은 유리이다.
칼을 얻어 부왕의 왕위를 이었고,
물동이 구멍을 막아 남의 꾸지람도 막았다.

내 성품 본래 순박하여
기이하고 괴상한 것을 좋아하지 않는다.
처음엔 동명왕의 사적을 보고

요술인가 귀신인가 의심하였다.
조금씩 섭렵하여 보니
변화가 무쌍하여 논하기 어려웠다.
이것은 직필로 쓴 글이라
한 글자도 헛된 글자가 없다.
신기하고도 신기하여
만세에 아름다운 일이다.
생각건대 창업하는 임금이
성신이 아니면 어찌 이루겠는가?
유온이 큰 못에서 쉬다가
꿈 꾸는 사이에 신을 만났다.
우뢰 번개에 천지가 캄캄해지고,
괴이하고 위대한 교룡이 서려 있었다.
그래서 곧 임신이 되어
성신한 유계를 낳았는데
이가 적제의 아들인데,
일어날 때부터 특이한 징조가 많았다.
세조 광무제가 처음 태어날 때
광명한 빛이 집 안에 가득하였다.
절로 적복부에 응하여
황건적을 소탕하였다.
옛부터 제왕이 일어날 적엔
많은 징조와 상서가 있으나,
끝으로 갈수록 자손은 게으르고 거칠어
선왕의 제사를 끊어뜨렸다.
이제야 알겠다. 조상의 업을 지킨 임금들은
고생한 땅에서 적은 일도 경계하여
너그럽고 어짐으로 왕위를 지키고
예와 의로 백성을 교화하여

길이길이 자손에게 전하여
오래도록 나라를 통치하였다.

무이별

임 제(林 悌)

十五越溪女(십오월계녀)	아리따운 아가씨 열 다섯 나이
含 無語別(함 무어별)	부끄러워 말도 못하고 헤어졌네.
歸來俺重門(귀래엄중문)	돌아와 문을 빗장 굳게 잠가 두고서,
泣向梨花月(읍향이화월)	배 꽃처럼 하얀 달을 보며 눈물
	흘리네.

〈백호집(白湖集)〉

• 임 제(林 悌, 1549~1587) 호는 백호(白湖). 예조 정랑을 지냈다. 현실에 순응하기보다 봉건적 권위에 반항하고 법도를 초탈하여 호방하게 지냈다. 수성지(愁城誌), 화사(花史), 원생몽유록(元生蒙遊錄) 등의 작품을 남겼다.

절명시(絶命詩)

황　현(黃　絃)

鳥獸哀鳴海岳嚬(조수애명해악빈) 새 짐승도 슬피 울고 강산도 찡그렸네.
槿花世界已沈淪(근화세계이침륜) 무궁화 온 세상이 이제 망해 버렸어라.
秋燈掩卷懷千古(추등엄권회천고) 가을 등불 아래 책 덮고 지난 날
　　　　　　　　　　　　　　　생각하니,
難作人間識字人(난작인간식자인) 인간세상에 글 아는 사람 노릇하기
　　　　　　　　　　　　　　　어렵기만 하구나.
〈매천집(梅泉集)〉

• 황　현(黃　絃, 1855~1910) 조선 말기의 학자. 호는 매천(梅泉). 1910년 한일합방 때 국치(國恥)를 통분, 절명시(絶命詩) 4편을 남기고, 음독 자살하였다. 이듬해 영남·호남 선비들의 성금으로 '매천집(梅泉集)'이 간행되었고, 한말의 역사를 쓴 '매천야록(梅泉野錄)'과 꾀꼬리를 의인화한 한문소설 '금의공자전(金衣公子傳)'이 전한다.

동심가(同心歌)

이중원

잠을 깨세, 잠을 깨세, 사천 년이 꿈 속이라.

만국이 회동(會同)하여 사해(四海)가 일가(一家)로다.

구구세절(區區細節)¹⁾다 버리고 상하 동심(同心), 동덕(同德)하세.

남의 부강 부러하고 근본없이 회빈(回賓)²⁾하랴.

범을 보고 개 그리고 봉을 보고 닭 그린다.

문명개화하랴 하면 실상(實狀) 일이 제일이라.

못의 고기 부러 말고 그물 맺어 잡아보세.

그물 맺기 어려우나 동심결(同心結)³⁾로 맺어보세.

〈독립신문(獨立新聞)〉

---

1) 여러가지 잡다한 일.

2) 남의 의견을 무시하고 제 멋대로 함.

3) 두 고를 내고 맞죄어 맺는 매듭.

경부철도가(京釜鐵道歌)

최남선(崔南善)

우렁차게 토하는 기적(汽笛) 소리에
남대문을 등지고 떠나가서
빨리 부는 바람의 형세 같으니
날개 가진 새라도 못 따르겠네.

늙은이와 젊은이 섞여 앉았고
우리네와 외국인 같이 탔으나
내외 친소(親疏) 다 같이 익히 지내니
조그마한 딴 세상 절로 이뤘네.

〈소년 2호〉

• **최남선(崔南善)** 사학자, 문학자, 호는 육당(六堂). 1907년 와세다 대학 지리·역사과 중퇴. 1908년 신문화의 수입 보급을 위해 출판사 '광문회 (光文會)'를 설립하였다. 최초의 신체시 '해(海)에게서 소년(小年)에게' 를 발표했다.

애국가(愛國歌)

김철영

잠 깨어 보세 잠 깨어 보세 대조선국 인민들아
깊이 든 잠 번뜻 깨어 자주 독립 도와주세.
합심하고 동력[1](同力)하여 우리 인민 보호하세.
자주독립 할 양이면 인민 사랑 첫째로다.
정부가 있는 후에 백성들이 의지하고
백성들이 있는 후에 정부가 의지되나니.
도와주세 도와주세 우리정부 도와주세.
사랑하세 사랑하세 우리인민 사랑하세.
사랑 사랑 사랑이야 백성들은 정부 사랑
사랑 사랑 사랑이야 정부에선 백성 사랑
상하 사랑 서로 하면 부국 강병 자연 되고
정직으로 애민하고 공평으로 애민하여
내외관민(內外官民) 너나없이 애국애민 일심하면
말자해도 부국되고 안하여도 강병되네.
부국강병된 연후에 태극기를 높이 달아
일청국을 압제하고 오대주에 횡행[2]하면
독립문이 빛이 나고 독립지에 꽃이 핀다.
깨칠세라 깨칠세라 독립신문 하온 논설
마디마디 명심하여 사람마다 본을 받세.

---

1) 힘을 합하여.
2) 꺼리낌 없이 행동함.

애국하는 노래

이필균

깊은 잠을 어서 깨어 부국강병(富國强兵) 진보하세.
(합가) 남의 천대 받게 되니 후회 막급 없이 하세.
합심하고 일심되어 서세동점(西勢東漸) 막아보세.
(합가) 사농공상(士農工商) 진력하여 사람마다 자유하세.
남녀없이 입학하여 세계 학식 배워 보자.
(합가) 교육해야 개화되고 개화해야 사람되네.
팔괘국기(八卦國旗) 높이 달아 육대주에 횡행하세.
(합가) 산이 높고 물이 깊게 우리 마음 맹세하세.

〈독립신문(獨立新聞)〉

해(海)에게서 소년(少年)에게

최남선(崔南善)

1

처…ㄹ썩, 처…ㄹ썩, 척, 쏴…아.
때린다, 부순다, 무너 버린다.
태산(泰山) 같은 높은 뫼, 집채같은 바위ㅅ돌이나
요것이 무어야. 요게 무어야.
나의 큰 힘, 아느냐, 모르느냐, 호통까지 하면서,
때린다, 부순다, 무너 버린다.
처…ㄹ썩, 처…ㄹ썩, 척, 추르릉, 콱.

2

처…ㄹ썩, 처…ㄹ썩, 척, 쏴…아.
내게는, 아무것, 두려움 없어,
육상(陸上)에서 아무런, 힘과 권(港)을 부리던 자(者)라도,
내 앞에 와서는 꼼짝 못하고,
아무리 큰 물건도 내게는 행세하지 못하지.
내게는 내게는 나의 앞에는,
처…ㄹ썩, 처…ㄹ썩, 척, 추르릉, 콱.

3

처…ㄹ썩, 처…ㄹ썩, 척, 쏴…아.
나에게, 절하지, 아니한 자(者)가,

지금까지, 있거든, 통기[1]하고 나서 보아라.
진시황, 나팔륜, 너희들이냐.
누구누구 누구냐. 너희 역시 내게는 굽히도다.
나하고 겨를 이 있건 오너라.
처…ㄹ썩, 처…ㄹ썩, 척, 추르릉, 콱.

    4

처…ㄹ썩, 처…ㄹ썩, 척, 쏴…아.
조그만 산(山) 모를 의지하거나,
좁쌀같은 적은 섬, 손벽만한 땅을 가지고,
그 속에 있어서 영악한 체를,
부리면서, 나 혼자 거룩하다 하는 자(者),
이리 좀 오너라, 나를 보아라.
처…ㄹ썩, 처…ㄹ썩, 척, 추르릉, 콱.

    5

처…ㄹ썩, 처…ㄹ썩, 척, 쏴…아.
나의 짝 될 이는 하나 있도다.
크고 길고, 너르게 뒤덮은 바 저 푸른 하늘,
저것은 우리와 틀림이 없어,
적은 시비(是非), 적은 쌈, 온갖 모든 더러운 것 없도다.
조따위 세상에 조 사람처럼,
처…ㄹ썩, 처…ㄹ썩, 척, 추르릉, 콱.

    6

처…ㄹ썩, 처…ㄹ썩, 척, 쏴…아.
저 세상 저 사람 모두 미우나,

---

1) 기별하고.

그 중에서 똑 하나 사랑하는 일이 있으니,
담(膽) 크고 순정(純情)한 소년배(少年輩)들이,
재롱처럼, 귀엽게 나의 품에 와서 안김이로다.
오너라, 소년배, 입맞춰 주마.
처…ㄹ썩, 처…ㄹ썩, 척, 추르릉, 콱.

신 대한소년(新 大韓少年)

최남선(崔南善)

1

검붉게 거을은 저의 얼굴 보아라.
억세게 덞은 저의 손발 보아라.
나는 놀고 먹지 아니 한다는
표적(標的) 아니냐.
그들의 힘ㅅ줄은 툭 불거지고
그들의 뼈…대는 떡 벌어졌다.
나는 힘 들이는 일이 있다는
유력(有力)한 증거(證據) 아니냐.
옳다 옳다 과연 그렇다.
신 대한의 소년은
이러하니라.

2

전부(全部)의 성심(誠心) 다 들여 힘 기르고
전부(全部)의 정신(精神) 다 써 지식 늘여서
우리는 장차(將次) 누구를 위해 무슨 일
하려 하느냐.
약(弱)한 놈 어린 놈을 도울 양으로

강(强)한 놈 넘어뜨려 「최후승첩(最後勝捷)은
정의(正義)로 도러간다」는 밝은 이치(理致)를
보이려 함이 아니냐.
옳다 옳다 과연 그렇다.
신 대한의 소년은
이러하니라.

   3
그에겐 저의 권속(眷屬)이나 재산(財產)의
사유(私有)한 것은 아무것도 다 없이
사해팔방(四海八方) 제 몸이 가는 데가
저의 집이오.
일천하(一天下) 억만성(億萬姓)이 모두 형제요.
땅 위에 생식하는 온갖 물품이
저의 재산 아닌 것이 없는 듯
지극히 공평하더라.
옳다 옳다 과연 그렇다.
신 대한의 소년은
이러하니라.

   4.
앞으로 나갈 용(勇)은 넉넉하여도
뒤로 물릴 힘은 조금도 없어
뻣뻣한 그 다리는 아무 때든지
내어 디디었고
하늘을 올려 봄에 그 눈 밝아도
밤낮 위로 올라가는 빠른 길

힘써 찾을 뿐이러라.
옳다 옳다 과연 그렇다.
신 대한의 소년은
이러하니라.

〈소년(少年) 제1권〉

구작삼편(舊作三篇)

최남선(崔南善)

우리는 아무 것도 가진 것 없소.
칼이나 육혈포나—
그러나 무서움 없네.
철장(鐵杖) 같은 형세라도
우리는 어찌 못하네.
우리는 옳은 것 짐을 지고
큰 길을 걸어가는 자(者)—일세.
우리는 아무것도 지닌 것 없소.
비수나 화약이나—
그러나 두려움 없네.
면류관의 힘이라도
우리는 어찌 못하네.
우리는 옳은 것 광이(廣耳) 삼아
큰 길을 다스리는 자(者)—일세.

우리는 아무것도 든 물건 없소.
돌이나 몽둥이나—
그러나 겁 아니 나네.

세사(細砂) 같은 재물로도
우리는 어찌 못하네.

우리는 옳은 것 칼에 집고
큰 길을 지켜보는 자(者)-일세.

나는, 천품(天稟)이, 시신이, 아니러라. 그러나, 시세(時勢)와, 나 자신의 경우는, 연해 연방(連方), 소원(素願) 아닌, 시인을, 만들려 하니, 처음에는, 매우, 완고하게, 또, 장맹하게, 저항도 하고, 거절도 하였으니, 필경 그에게, 최절(催折)한 바-, 되어, 정미의, 조약이, 체결되기 전 3삭에, 붓을, 들어, 우연히, 생각한대로, 기록한 것을, 시초로 하야, 3,4삭 동안에, 10여편을, 얻으니, 이, 곳, 내가, 붓을, 시에, 쓰던 시초요, 아울러, 우리 국어로, 신시의, 형식을, 시험하던, 시초라. 이에, 게재하는 바, 이것 3편도, 그 중엣, 것을, 적록(摘錄)한 것이라, 이제, 우연히, 구작을, 보고, 그 시(時), 자기의, 상화(想華)를, 추회(追懷)하니, 또한 심대한, 감흥이, 없지 못하도다.

한 말 하는 일 조곰 틀림없도록
몽매에라도 마음 두고 힘 쓰게.
말이 좋으면 함박꽃과 같으나
일은 흉해도 흰 쌀알과 같더라.
눈 비 옴도 좋으나
배 부른 것 더 좋아.
자유(自由)로 제 곳에서 날고 뜀은
옳은이 옳은 일의 거룩한 힘.
깊고 큰 저 연못에 거침없이
넓고 긴 저 공중에 마음대로
그와 같이 다니고
뛰놀도록 합시다.

〈소년(少年) 제4권〉

불놀이

주요한(朱燿翰)

　아아, 날이 저문다, 서편(西便) 하늘에, 외로운 강물 위에, 스러져가는 분홍빛 놀……. 아아, 해가 저물면 해가 저물면, 날마다 살구나무 그늘에 혼자 우는 밤이 또 오건마는, 오늘은 사월(四月)이라 파일날 큰 길을 물밀어가는 사람 소리는 듣기만 하여도 흥성스러운 것을, 왜 나만 혼자 가슴에 눈물을 참을 수 없는고?

　아아 춤을 춘다. 춤을 춘다. 시뻘건 불덩이가, 춤을 춘다. 잠잠한 성문(城門) 위에서 내려다보니, 물 냄새, 모래 냄새, 밤을 깨물고 하늘을 깨무는 횃불이 그래도 무엇이 부족(不足)하여 제몸까지 물고 뜯을 제, 혼자서 어두운 가슴 품은 젊은 사람은 과거(過去)의 퍼런 꿈을 찬 강물 위에 내어던지나, 무정한 물결이 그 기름자[1]를 멈출 리가 있으랴?—아아, 꺾어서 시들지 않는 꽃도 없건마는, 가신 님 생각에 살아도 죽은 이 마음이야. 에라 모르겠다. 저 불길로 이 가슴 태워 버릴까, 이 설움 살라 버릴까. 어제도 아픈 발 끌면서 무덤에 가 보았더니 가을에는 말랐던 꽃이 어느덧 피었더라마는, 사랑의 봄은 또다시 안 돌아오는가, 차라리 속 시원히 오늘밤 이 물속에…. 그러면 행여나 불쌍히 여겨줄 이나 있을까… 할 적에 퉁, 탕, 불티를 날리면서 튀어나는 매화포. 펄떡 정신(精神)을 차리니, 우구구 떠드는 구경꾼의 소리가 저를 비웃는 듯, 꾸짖는 듯, 아아, 좀더 강렬(强烈)한 열정(熱情)에

---

1) 장애물.

살고 싶다. 저기 저 횃불처럼 엉기는 연기(煙氣), 숨막히는 불꽃의 고통(苦痛) 속에서라도 더욱 뜨거운 삶을 살고 싶다고 뜻밖에 가슴 두근거리는 것은 나의 마음….

　4월 달 따스한 바람이 강을 넘으면, 청류벽(淸流壁), 모란봉 높은 언덕 위에, 허어옇게 허늑이는 사람 떼, 바람이 와서 불 적마다 불빛에 물든 물결이 미친 웃음을 웃으니, 겁 많은 물고기는 모래 밑에 드러박히고, 물결치는 뱃전에는 졸음 오는 '니즘'의 형상(形象)이 오락가락―얼른거리는 기름자, 일어나는 웃음 소리, 달아 논 등불 밑에서 목청껏 길게 빼는 어린 기생의 노래, 뜻밖에 정욕(情欲)을 이끄는 불구경도 인제는 지겹고, 한 잔 한 잔 또 한 잔 끝없는 술도 인제는 싫어, 지저분한 배 밑창에 맥없이 누우면 까닭 모르는 눈물은 눈을 데우며, 간단(間斷)[1] 없는 장고소리에 겨운 남자들은 때때로 불리는 욕심(慾心)에 못 견디어 번득이는 눈으로 뱃가에 뛰어나가면, 뒤에 남은 죽어가는 촛불은 우그러진 치마깃 위에 좋을 때, 뜻있는 찌걱거리는 배잣개 소리는 더욱 가슴을 누른다….
　아아, 강물이 웃는다. 웃는다, 괴상한 웃음이다. 차디찬 강물이 껌껌한 하늘을 보고 웃는 웃음이다. 아아, 배가 올라온다. 배가 오른다. 바람이 불 적마다 슬프게 슬프게 삐걱거리는 배가 오른다…. 저어라, 배를, 멀리서 잠자는 능라도(綾羅島)까지. 물살빠른 대동강을 저어 오르라. 거기 너의 애인(愛人)이 맨발로 서서 기다리는 언덕으로 곧추 너의 뱃머리를 돌려라. 물결 끝에서 일어나는 추운 바람도 무엇이리오. 괴이(怪異)한 웃음소리도 무엇이리오. 사랑 잃은 청년의 어두운 가슴 속도 너에게야 무엇이리오. 기름자 없이는 '발금'도 있을 수 없는 것을―. 다만 네 확실(確實)한 오늘을 놓치지 말라. 오오, 사르라, 사르라? 오늘밤! 너의 발간 횃불을, 발간 입술을, 눈동자를, 또한 너의 발간 눈물을…….

---

1) 잠시 끊어짐.

• **주요한**(朱耀翰, 1900~1979) 시인, 언론인. 호는 송아(頌兒). 김동인과
함께 '창조'(1919)를 발간하였고, 근대적 자유시의 형성에 기여했다. 시
집으로 '아름다운 새벽'(1924), '3인시가집'(1929), 시조집에 '봉사꽃'
(1930), 평론집에 '자유의 구름다리' 등이 있다.

■ 한국문학사 편찬위원회
이 책은 문학평론가, 국문학과 교수, 고등학교 3학년 국어선생님,
편집주간 등이 기획 · 구성하였고 편집부에서 진행하였다.

국어선생님을 위한
한국문학사 강의 (제2권 : 시가문학)

초판 1쇄 발행일 : 2024년 4월 29일
초판 5쇄 발행일 : 2025년 1월 15일

엮은이 : 한국문학사 편찬위원회
발행인 : 김종윤
발행처 : 주식회사 자유지성사
등록번호 : 제 2 - 1173호
등록일자 : 1991년 5월 18일

서울특별시 송파구 위례성대로 8길 58, 202호
전화 : 02) 333- 9535 ㅣ 팩스 : 02) 6280- 9535
E-mail : fibook@naver.com
ISBN : 978 - 89 - 7997 - 568 - 0 (04810)
ISBN : 978 - 89 - 7997 - 566 - 6 (세트)
